热 血 师 魂

2008/05/12/14:28

热血师魂

记汶川大地震中的人民教师

刘堂江 余冠仕 李炳亭 张泽科 著

樊世刚 等 摄影

山东文艺出版社

目　录

楔　子 / 11

第一章　凝固的雕像 / 15

1　一柱擎天 / 17

2　虎踞龙盘 / 26

3　展翼天使 / 36

4　生如夏花 / 45

第二章　生命大营救 / 57

1　冲向废墟 / 59

2　"老师陪着你" / 70

3　最后的棒棒糖 / 78

第三章　与"死神"赛跑 / 85

1　一把石子 / 87

2　24双手臂 / 93

3　18粒去痛片 / 101

4　1000颗"种子" / 106

第四章 不屈的脊梁 / 113

1 复课"集结号" / 115

2 "我们在一起" / 126

3 浴火凤凰 / 134

4 中国教师，好样的 / 142

尾 声 / 151

创作与采访手记 / 153

1 为立师魂百丈碑 / 155

2 昂起倔强的头颅 / 166

3 那一刻，我泪流满面 / 182

4 一段值得终身珍藏的记忆 / 194

楔　子

5月11日是母亲节。

绵阳市一位21岁的女孩小陈专门跑到一家礼品店给妈妈购买礼物。她记得第一次在母亲节给妈妈送的礼物，是一张自己做的小贺卡。她说："妈妈接到礼物的时候居然开心得哭了。我才知道，孩子的一份小心意对妈妈来说是多么重要。"

什邡市龙居中心小学向倩老师像小陈一样，也是21岁。这个去年才参加工作的姑娘，长得花朵一般，活泼可人，爱唱歌，也很爱美。母亲节前两天，她又新做了头发。调皮的她懂得母亲的心思，母亲在家务农，很少到外面去，而向倩的学校离家有10公里远，平常都住在学校里，与母亲待在一起的时间少。所以她一有见到母亲的机会，就要想办法让母亲开心些，高兴些。

汶川映秀小学的尹琼老师，怀着8个月的身孕。虽然快做母亲了，但她带着毕业班，放心不下学生，一直也没有休假。她要趁这个周末好好休息一下，为即将出生的孩子多做些准备。再过一年，母亲节的时候，说不定小家伙会张口喊妈妈了呢。

在天府之国四川，人与人之间的温情大家总是很看重。自古以来，四川盆地因为艰险蜀道的阻隔，与外界往来少，因而当地人格外珍惜相互之间的情感纽带。但恰恰因为太注重生活，有人还批评这种悠闲的生活节奏不适应现代的发展。

四川人对这种说法不屑一辩。他们有足够的理由让悠闲而重人情的自己自豪：成都是杜甫的隐居之地、巴金的老家，江油是李白的故乡……

就拿原来很少听说过的北川来说吧，在那段时间因为学者争论"大禹三过家门而不入"的典故，让更多人知道了大禹故里原来在巴山蜀水的一隅。

但更不为人知的是，北川还有一个美称：东方达沃斯。达沃斯是瑞士的一个小城，因环境绝佳，引来全球商界精英参加达沃斯年会而世界闻名。

其实，咱们的北川一点都不比达沃斯差。神奇的北纬31度造就了一切：年平均气温在20摄氏度左右的天数有200天以上；夏季的负氧离子含量每立方厘米高达11～23万个，比周边城市高出几倍，甚至几十倍，进入北川就如同进入一个天然"氧吧"。

这一天，北川人一如往日，悠闲地走在这个天然"氧吧"沿河的街上，不时碰到熟人，就摆上几句，然后分头各做各的事——或是去买挂腊肉，或是捎点时鲜蔬菜。这座小城对他们来说太熟悉，路上遇着不用说太多，没过一会儿说不准又能碰到，又可以摆些新鲜事儿。

这一天，北川中学高三年级举行了一场趣味篮球运动：老师和学生分成几组，每人两腋夹两个篮球，双脚也夹一个，蹦着往前跑，到达终点后下一

2008年5月11日，北川中学高三趣味篮球赛

个同学接过来再往回跑。

因为篮球圆不溜秋的，不好夹，经常有球掉下来，这名学生就赶紧去逮那只不听话的篮球，但每每会撞上另一条道上的"选手"，于是五六只篮球四处乱滚，引得在场的师生笑得前仰后合。

离高考不到一个月时间，高三年级组想出了这么一个办法来给同学们减压。北川中学是这个羌族自治县唯一的完中，17万百姓把孩子考大学这件大事完全托付给了她。因而这个活动得到刘亚春校长的大力支持，平日不苟言笑的他，此刻乐得双眼眯成了一条小缝。

太阳落山了，5月11日，普通的一天平平静静地过去。当第二天太阳升起的时候，公历纪元指向了2008年5月12日。

记得所有的感动

星光下我们紧紧相拥

无论是否能重逢

我的心永远守候

只盼来生与共……

第一章 凝固的雕像

震后北川县城

1　一柱擎天

　　5月12日，星期一。清晨，太阳早早地爬起来，照在北川中学宁静的校园里。

　　2006年通过民主推荐当上校长的刘亚春，对这里的一切再熟悉不过了：400米、8跑道的标准运动场五一节画了线，还没有正式启用；学校有不少桂花树，还有樱花树、泡桐树；校门外的一条公路连接平武、北川……

　　刘亚春虽然年纪不算大，只有43岁，但学生们背地里总爱称他"老刘"。当校长以来，"老刘"做了一件大事：收购食堂。学校的食堂是一位老板全额投资修建的，老板有16年的经营权。但饭菜质量太差，每次刘亚春到食堂一看学生的饭碗，就忍不住想落泪……

　　这让刘亚春下了决心把食堂收回来，但阻力很大，不时有人威胁他，说要卸他条腿什么的，他也没有退缩。

　　刘亚春追着食堂的经营者谈，反复谈，食堂老板一直躲着他。他在电话

被定格的时间

里向对方下了"最后通牒":"这个事情你不谈也得谈,2000多学生、4000多家长都盯着这件事儿!"

后来食堂老板再也撑不住了,到去年11月30日下午2点前双方谈拢:由县里出200万,教育局出100万,学校准备100万,将食堂收回。直到协议签了,老师们才晓得这回事情。

一切都按刘亚春的思路在向前运转。他开始为上任之初提出的理念而努力:善待学生,善待家长,善待教职工。

5月12日下午2点,刘亚春又召集后勤工作负责人和食堂工人,在食堂召开后勤工作会议,讨论怎样进一步改善师生生活。

2:15是北川中学下午上课的时间。如往常一样,课准时开始。全校学生90%住校,宿舍离教室也就几分钟的路,所以基本没有迟到的,除了几位请假看病的以外,学生提前几分钟都到齐了。

物理教师张家春当时正在实验室给初二(1)班上实验课。别看他来学校才3年时间,却已深得学生爱戴,教学技艺精湛自不必说,几年之内他就为学校拿了绵阳市的两个奖。单凭他上课喜欢摆一些笑谈,惹得大家开怀一乐,

震前北川中学

张家春老师

同学们就喜欢上了这位身材魁梧、十分精神的"帅哥"。当初给这个班上第一节物理课时,张家春扭动着身子和双手,嘴里还发出"咕嘟咕嘟"的声音,模仿水沸腾时的样子,把大家一下子逗乐了。

不过,学生们印象最深的还是他写字的姿势,总是喜欢吊着一只手,让人觉得"非常搞笑"。

这天,穿着一件紫色衬衫的张家春,正在上《磁》这节课,拿了一个指南针给大家讲解。

但学生们看到指针一会儿指向南,一会儿指向北,或者干脆哪里都不指,只在那里胡乱摇摆。同学们以为这又是张老师在玩什么新"把戏",于是大家噼里啪啦地把掌声给了这位乐呵呵的物理老师。

一阵笑过后,突然,地面晃了起来。教师在台上站不稳,学生在台下也坐不稳。

紧接着,轰隆隆的闷响从地底下传来,像一只咆哮的怪兽发出的声音,让

李佳萍老师

李佳萍老师满是血迹的玉镯和戒指，安静地躺在丈夫手上

人心悸。教室开始剧烈摇摆，没有规则，时而上下，时而左右，大大小小的水泥碎块纷纷掉落，发狠似的往下砸。

孩子们吓呆了，一片惊叫！

张家春一看这情况，赶紧冲学生喊："地震了，快跑！"没容多想，他赶紧把教室门拉开，又迅速退到讲台上，指挥学生向外撤。有些学生身子发软，迈不开腿，张家春就跑过去，连拖带拽往外推。

实验室在一楼的第一间。很快，上面楼层被撕裂，石头和水泥块泼水般往下倒，边上的墙体不断往下压，教室门框吱吱呀呀着开始变形，很快就要垮下来。学生逃生的通道眼看就要闭上了，张家春一个箭步冲过去。这位年轻的羌族汉子，使出全部力量，用自己的身躯顶起门框。

这是通向生命的大门！

学生一个接一个从他的双臂下穿过。

四十几个孩子很快逃出摇摇欲坠的教学楼，跑到不远的操场上。

而这时，为孩子们扛起"生命通道"的张家春被裹在滚滚灰尘中，掉下来的砖石不断地砸在他身上。

看着还留在教室里的学生，张家春发疯似的大喊："快！快！再快些！"

和张家春一样，在山崩地裂般的塌陷中，正在初二（4）班上课的李佳萍老师，第一个动作也是打开门，然后跑回来，朝门的方向挥着手，大声冲着惊慌失措的学生喊："快跑！"

突然，大地又开始猛烈地颤抖，李佳萍一下子被抛起来，跌倒在地。她慌忙爬起来，一片混乱中，每抓住一个学生就拼命往门外推。

"轰"——随着一声沉重的闷响，教室坍塌了。

楼在往下塌的那一瞬间，张家春一脚又蹬出去4个学生。

五层的楼一下子垮下来。

废墟吞没了张家春。

李佳萍和几个没来得及逃出的学生，也一下子陷入了黑暗中。幸好先倒下来的墙体撑起了塌下来的天花板，形成了一个狭小的空间，给他们留下一点宝贵的栖身之地。

李佳萍被压在一根粗大的水泥横梁下面，腰和腿已失去知觉。头上鲜血不停地流，头发也被水泥块压住，一点儿都动弹不了，半张脸从水泥碎片中露出来，全是血和尘土。

与李佳萍压在一起的几名学生被突如其来的灾难吓得大哭起来。李佳萍忍着身体的疼痛，跟学生拉家常、讲故事。她说：没事的，还能听到头顶上有人的声音，他们会来救我们的，大家要坚强，一定要好好活下去。

学生渐渐平静下来。有的学生没声音了，李佳萍就轻轻地叫着他的名字，唤醒他，让他别睡过去，怕睡着后再也醒不过来。

时间一秒一秒流逝。几个人挤在狭小的空间里，大家呼吸越来越困难。李佳萍告诉还能活动的学生，用大石头去砸另一块小石头，砸碎之后再把它掏开，让空气进来一点是一点。

30多个小时过去了，李佳萍的体力快耗尽了，说话的声音渐渐小了。

几位同学互相鼓励，说："加油，我们要一起出去！李老师，你也要跟我们一起出去！"

李佳萍轻轻地摇了摇头，她叫还能挪动的学生邹红爬过来，用唯一能动的右手，摘下爱人送给她的戒指和手镯，交给了邹红，断断续续地说："我看来出不去了，请你们把这个戒指、手镯，带给我爱人刘全老师……告诉他和我女儿，我很想他们，很爱他们……"

能不爱女儿吗？在黑暗的废墟里,李佳萍总是不断地说自己的女儿很乖。但也在北川中学读初二的女儿，有段时间还对她有误解，说她不爱自己，总是把自己喜欢的衣服送给贫困的同学。能不爱丈夫吗？这两枚戒指是李佳萍和刘全十几年爱情的证明：一枚是婚戒，带着心形饰物；一枚是结婚10周年纪念戒指，金灿灿的。

由于失血过多，李佳萍的呼吸越来越弱，她艰难地对孩子们说："你们一定要好好活着……要坚强地活下去……老师会在另一个世界祝福你们！"

她再也没有醒过来。这份临终嘱托，是她留给学生们最后的"作业"。

14日晚上8时，邹红等4名学生被救出来。

当戒指、手镯送到丈夫刘全手里的时候，已经是一周以后了。刘全看着带血的戒指和手镯，心一下子像被掏空一样，然后是针扎般痛，当着在场师生的面，大哭了起来。

刘全的手机里存着一张照片：碧水边，蓝天下，李佳萍微笑着依偎在他身边。刘全说，这是在九寨沟拍的，也是他们的最后一张合影，他要把这张照片当做手机屏幕，永不更改。

一周之后，在绵阳市的应急避难帐篷里，被张家春救出来的学生给他写信说："我们非常想念你，听说你受重伤了，我们希望你早日养好伤，回到我们身边来，我们一定要给你争取2008年的感动中国人物。"

他们以为张老师只是受伤住院，并不知道他当时就牺牲了。

如今，在垮塌的旧教学楼右侧，原来的操场边上，两棵桂花树依然郁郁葱葱。过不了多久，这两株桂花又该吐出沁人的清香了。

李佳萍老师和丈夫的最后一张合影

2 虎踞龙盘

　　12日一早,德阳东汽中学政治课教师谭千秋跟平常一样,6点多就起床了。他给小女儿谭仙子洗漱穿戴好,还带着宝贝女儿出去溜达了一圈。回来后,就早早地赶到学校上班。

　　这学期谭千秋负责教高二的政治课。他的课上得绘声绘色,学生们都喜欢听。他不仅妙语连珠,而且很有幽默感。有一次,他伸出一根手指头问学生:"贝多芬为什么不用这根指头弹钢琴?"

　　大家都摇摇头,他却得意地说:"因为这是我的指头。"

　　谭千秋喜欢在课堂上讲笑话,一本正经地说今天上班的路上遇见一只老鼠,它瞪我,我赶紧还它一眼,也瞪着它……学生们不信,说哪能偏巧你就遇见这么多的趣事。他就呵呵笑着,也不辩解,接着继续讲课。

　　还有一次,他突然问大家:"为什么说A型血的人很好?"学生都在底下摇头。谭千秋故作神秘地说:"因为我是A型血!"学生们哄堂大笑。

震后东汽中学

他的普通话很"普通",有浓重的湖南味——湖南衡阳是他的老家。他在课堂上习惯眼睛望着窗外。他的大女儿谭君子"揭露":"那是因为他喜欢'臭美',哪里是望窗外啊,其实是就着窗玻璃照镜子呢,怕自己思考问题时,蹙眉眨眼的,影响形象。"

谭千秋遇到难题时,常会一只手使劲挠头,而另一只手做着手势,手心上翻,再用力向下。

12日下午2点这堂课的命题很严肃。他给高二(1)班上的政治课,主题是"人生的价值"。"人生的价值是什么?是大公无私,不要以个人为中心;

未上完的课

是为他人着想，为集体着想，为国家着想。"谭千秋在课上让他的学生牢牢记住这些话。

在这堂课上到28分钟的时候，地震发生了。

东汽中学所在的汉旺镇，离震中汶川的直线距离只有30公里左右。在短短的十几秒内，东汽中学教学楼轰然坍塌！

正在阶梯教室给学生上化学课的罗晓明老师，带领4名学生冲出教室后，又冲进教学楼，救出16个学生，自己却被垮下的教学楼埋没。

在一楼上课的政治教师罗秀芳，离门口只有一两米远，跑出去也只要几秒钟，这是生死相隔的几秒钟。但她这时依然守在讲台上，对学生喊："不要慌！按顺序跑出去！"

在抢救的时候，老师们在废墟上喊着罗秀芳的名字，开始还能听到她应答的声音，后来便再也听不到了。

地震中，谭千秋所带的高二（1）班的幸存者周超，听到谭千秋对学生们大喊："大家快跑，什么也不要拿！快……"周超说，这是谭老师留给他们的最后一句话。

通信中断！电力中断！但老师们在校长周德祥的组织下，很快展开自救。东汽厂拉来了发电机，发电机没油了，有人骑来自己的摩托车，赶紧把油箱里的油用管子抽到发电机里。

东汽中学的灾情出人意料地复杂。虽然楼塌了，可后墙却没倒；走廊没了，可栏杆还在。在一阵阵接连不断的余震里，那面墙和栏杆晃晃悠悠，似乎随时都有砸下来的可能。闻讯赶来救援的只有3辆铲车，为防止再次发生灾情，无奈只能用其中的两辆，一前一后把那面墙夹住。

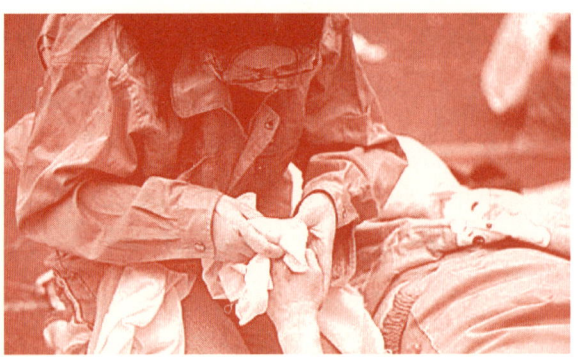

谭千秋老师（左）
张关蓉在擦拭丈夫谭千秋的遗体（右）

13日午夜11点50分，救援人员发现了震撼人心的一幕：一位教师虎踞龙盘般趴在课桌上，双手张开，强有力地撑着桌面。在课桌下面，竟然躲着几名学生。几个孩子得救了，然而那个用自己的身体和手臂为他们撑起生命空间的老师，却永远地离去了。

救援现场的所有人都哭了，为了一个生命的离去，为了一个教师在灾难发生时刻的壮举。

这位教师就是谭千秋。张开双臂护住学生，成了他生命最后的姿势！

他妻子张关蓉也是东汽中学教师。一见到谭千秋的遗体，扑上去就撕心裂肺般痛哭，泪哭干了，抓起他的手摩挲着絮叨："昨天晚上听说有个老师救了几个学生，没想到就是你……你走的时候还热乎乎的，现在怎么就变凉了……"

一位老师说，如果要快速逃生，老师是最有条件的，他们离门口最近，跑出来只要几秒钟。但在生死攸关的一刻，老师把生的希望留给了学生。

谭千秋不知道带过东汽多少届学生。1982年他从湖南大学毕业时，学校准备让他留校任教，但他得知四川东方汽轮机厂职工大学急需教师时，便立即申请到那里去。当时他只有一句话："我要到祖国最需要的地方去。"

这一待就是27年，谭千秋也从一个年轻毛小伙儿成长为一名特级教师。在学校改组，许多优秀教师纷纷外流时，他和校长周德祥等教学骨干毅然留了下来。老家的朋友准备把他调回湖南衡阳，待遇从优。但他说："湖南养育了我，四川培养了我，还是在四川多干几年再说吧。"

在同事的眼中，谭千秋给人的感觉很"老抠"：似乎永远都穿着东汽的厂服，长年也难得见他添置一件新衣。妻子张关蓉瞒着给他买了一身新衣服，

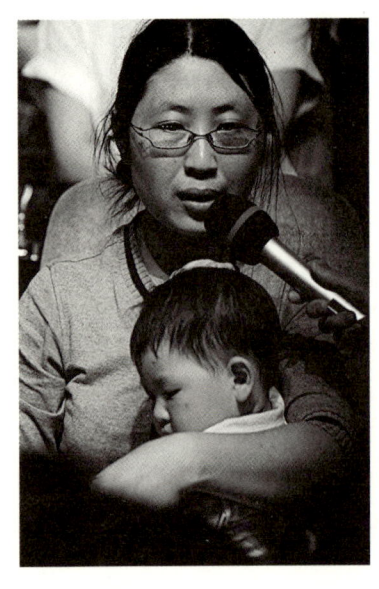
谭千秋老师的妻子张关蓉和小女儿仙子

他都要冲妻子凶半天。他的烟瘾不小,常抽的牌子叫"天下秀",两块五一包,谭老师图的是它便宜。

女儿谭君子回忆说,爸妈离婚的时候她只有4岁,是爸爸一手把她拉扯大的。学校组织出去旅游,8毛钱一碗的米线,从来都是只要一份,她吃剩下爸爸才吃,剩多少爸爸就吃多少。"可爸爸却写信告诉奶奶,想吃什么就买什么,别怜惜钱,没有了我再寄。"

他绝对是个孝顺的人,那些从牙缝里省下的钱寄往老家了。君子在北大就读,爸爸是没事绝对不会给她打电话的,即便有事也是匆匆讲几句就挂上。君子取笑他"老抠",他却说:"长途呢!"

湖南大学学生为师兄送别

学生祭奠谭千秋老师

　　不熟悉他的人，以为他是个严肃、古板甚至有些迂腐的人，其实谭千秋恰恰是个很有情调的人。小女儿出生之前，他跟办公室的同事开玩笑，说既然大女儿叫君子，那这个总也得挂上个"子"吧，我可想好了，是男孩就叫他"天子"，女孩就叫"仙子"。

　　小家伙生下来了，是个女孩，自然就是仙子了。谭千秋很幸福，他说每天抱着个小仙女，哪还会不幸福？全办公室的人都哈哈大笑。

　　谭千秋自己"抠"，但对学生，他又不"抠"了。有个学生家里比较穷，还老是逃课，跑到网吧去玩耍。谭千秋无奈之下，只得把家长请到办公室。

地震损毁的学校

家长来了，一边恳请学校多管教孩子，一边哭着诉说家庭的情况。谭千秋听着听着，眼圈不由得红了。送家长走时，他从兜里翻出 200 元钱，悄悄塞给家长。因他兢兢业业、与人为善，连续多年都被评为东汽厂的劳模。

他严肃，因为他是教导主任，负责的恰恰是"发"处分。他的一位学生在网络论坛上回忆说，每次要宣布处分决定的时候，他都会站在国旗下拿着话筒说："下面，我宣布一个决定……"十年如一日，永远是一贯的口气和风格，慢条斯理，带着湖南口音。

在东汽中学，有好多学生开玩笑，会突然喊"谭千秋来了"，一堆小调皮一准儿会撒腿跑得精光。他是个蛮细心的人，平时走在校园里，他总会弯腰捡起一些石块，说怕学生摔倒磕着。

谭千秋和妻子张关蓉感情笃深，妻子平时叫他"老谭"，而谭千秋叫她"蓉蓉"。谭千秋牺牲后，有单位想请张关蓉去作报告，她婉言谢绝了。她说："他是个平凡人，做了一个教师该做的事，没啥子好讲的。我是他的妻子，我应该好好活着，把孩子养大，让老谭放心。"

谭千秋牺牲后，张关蓉亲手铰下来一缕老谭的花发，缝在一个特制的红包包里，又用白线做带子贴身挂着。她说这样就留住老谭了，想他的时候摸摸包包，仿佛就听见老谭的笑声了。

她指着包包给仙子说："宝宝，这是爸爸。"只有一岁半的宝宝，懵懂地跟着妈妈学："爸，啊，爸……"可宝宝压根儿不懂得，妈妈的心，沥着痛，碎了，一片片的。

3 展翼天使

曾经有一段时间,有一种说法,映秀小学教师张米亚是折翼的天使。

因为张米亚生前非常喜欢唱一首歌,"摘下我的翅膀,送给你飞翔"。而且,有人说,他抱住的孩子活了下来,而雄鹰的"双翼"已然僵硬,救援人员只得含泪将其锯掉,才把孩子救出。

其实张米亚的翅膀没有折断。

13日下午,校长谭国强带着一帮人用10多个千斤顶撑着,打通两米到一个废墟里。一位家长钻进洞里,哭着出来说:"有个老师像母鸡抱小鸡儿那样,护着3个孩子。"

那位老师是张米亚。他仆跪在地,身体前俯,双臂已经僵硬,像雄鹰展翅般张开,紧紧搂着3个孩子,吴金怡、郭雯还活着。抢救的老师和当地百姓试图掰开张米亚护卫孩子的双手,救出还活着的孩子,却怎么也掰不开。

有人含泪建议锯掉,但其中一个孩子的家长坚决不同意。他说,"老师用

张米亚老师

生命保护了我们的孩子,一定要给他留个全尸!要不是他护着我娃儿,我儿子早就死了。"后来,老师和家长还是想办法保全了张老师的双臂,救出了孩子。

映秀小学教导主任苏成刚老师脑海中永远记得映秀小学教学楼倒塌的最后一幕。

这天下午2点过了没多久,苏成刚走进综合楼一楼,刚进门将门关上,突然感到地动山摇,急忙去拉门,跑出来没两步,一股气浪将他推倒在操场边的花台上。回头一看,宿舍楼已坍塌。

透过腾空而起的尘埃,苏成刚隐约看见发生在教学楼里的最后一个场景:走廊上都是学生,老师们走在最后,不停地把孩子们往楼梯方向推。

转眼间,教学楼、综合楼、食堂全部坍塌,整个校园一片狼藉。大地被撕开一道又一道狰狞的裂缝,肆意地吼叫着、抖动着,操场上上体育课和跑

震后映秀小学

张米亚夫妇的婚纱照

张米亚和儿子（张米亚的妻子和儿子也在地震中遇难）

出来的师生不断摔倒。

谭国强带着哭腔痛苦地呼喊:"我的孩子们啊!我的孩子们啊!"他抱出一个腿已经断了的学生,血染红了他的臂膀。

此时的张米亚正在紧邻楼梯口的二楼教室上课,讲台离楼梯仅几步之遥。

他完全有逃生的机会,但他依然守在讲台上,大声喊:"不要慌,都趴在课桌下面!"

许多学生听到后,立马钻到桌底下。前排有人趴得不够低,张米亚跑上前去按他们的头。有几个同学不知所措,张米亚就一手抱住一个,拼命压在讲台下面。

这时候,房子垮了。在楼房倒塌的一刹那,他紧紧抱住了他的学生——像后来人们看到的那样,张米亚的最后姿势恰如一只展翅的雄鹰。

如果说,张米亚遇难时是一只英勇悲壮的雄鹰,那么,在平时,他则是一只阳光快乐的雄鹰。张米亚身高174厘米,体力好,在同事眼中,他是活泼、随和的代名词。张米亚喜欢足球、篮球、上网、唱歌,写得一手好字,人缘好,工作兢兢业业。一个男老师当低年级班主任,娃娃都很喜欢他,这实属不易。

往日,在映秀小学,教师们文体生活很丰富。女教师自发组织了20多人的舞蹈队,跳民族舞、现代舞、交谊舞,还自编舞蹈。男教师则有一支11人的篮球队,自己交会费,学校提供条件支持。篮球队运行了5年,一般每周都有两场篮球赛,还经常拉出去比赛,这次篮球队有6人遇难。映秀小学是全镇文化生活的中心,带动了全镇文体活动,5月的全镇篮球赛事和文艺演出就是他们承办的。

连蓉老师在救下13个学生后殉职,撇下了1岁半的女儿

爱热闹的张米亚自然是这些活动的热心分子。张米亚歌唱得好,学校组织教师搞演讲比赛,张米亚的题目是《我爱五星红旗》,讲到结尾突然唱了起来:"五星红旗,你是我的骄傲……"地震前半个多月,他还入围了全县歌咏比赛。

在参加县歌咏比赛前一天,他打篮球时眼睛被撞了一下,一只眼睛青肿青肿的,成了"熊猫眼"。苏成刚开玩笑说:"你是不是打架了?"张米亚连忙说:"鬼扯!"然后说明天的比赛可怎么办吗?于是苏成刚找来一副墨镜给他戴上,歪着头看了看,说:"你这副样子还真有点酷,明天就这样比赛去!"

"张米亚夫妻,我们夫妻俩,还有冯静莎,我们5个人1998年毕业于威

灾区的孩子

州民族师范学校,来到映秀教书,现在只剩我一个了……"苏成刚说,张米亚两口子毕业后先在映秀镇白石村小、百花村小教书,2006年一起调到映秀小学。

地震来临时,28岁的连蓉老师正在六(2)班上美术课。在危急关头,她对惊呆了的学生喊道:"是地震,不要慌,大家快下楼!"并立即指挥学生撤离。

当她再次返回教室救学生时,教学楼坍塌,她被淹没在一片废墟里。人们发现连蓉时,她两手各抱一个孩子,其中一个还活着。

这个班在她的紧急疏散下,13个孩子幸存,但她却永远撇下了一岁半的女儿。

连蓉是映秀人。地震时她妈妈被压在下面，受了重伤。交警队救她时，她说："我不行了，别在我身上浪费时间，赶紧去救有希望的人。"但救援人员还在努力抢救。为不给救援人员添麻烦，她妈妈吞戒指、割腕而死。救援人员含着热泪一步一回头，离开了她，去抢救其他的人。连蓉的爸爸也在地震中遇难。

连蓉1999年从威州师范学校毕业，到映秀小学担任美术教师，当过学校综合教研组组长，2007年大学本科毕业。学校走廊墙壁上有很多画，是她指导学生画的，她很多个晚上都义务到学校指导住校生画画，有时坚持到晚上10点，学生睡了才回家。在她的"打磨"下，20多名学生的美术作品在各级艺术大赛中获奖，她也被评为省级优秀指导教师。

语文老师尹琼刚满25岁，有8个月的身孕，她和未出世的孩子一起遇难；

董雪峰的妻子——映秀小学四年级班主任汤朝香在办公室批改作业，也被无情的地震夺去了生命；

连芳和学前班的儿子一起遇难……

4 生如夏花

在什邡市这个被称为"川西明珠"的地方,一江四河纵流全境,蓥华山巍峨秀丽。

21岁的向倩就生活在这里。远古地壳的剧烈运动,给什邡留下了一系列独特的地质奇观:飞来峰从数十公里以外飘来,大峡谷深逾千米。穿行其中,群山陡如刀削,山林郁郁葱葱,一副美不胜收的景象。

当然,从学术角度讲,这个地方正属于龙门山断裂带,是一条特大"裂缝":它绵延长约500公里,宽达70公里,沿着四川盆地西北缘底部切过。

在一亿年前开始的喜马拉雅造山运动过程中,印度洋板块向北运动,挤压欧亚板块,造成青藏高原的隆升。高原在隆升的同时,也向东运动,挤压四川盆地。其交接处就是龙门山断裂带。

但不管如何,从地表上看,天地灵气仿佛集中在这里,俨然一处世外桃源,向倩就像是活跃在其中的精灵。她刚参加工作8个月,在龙居小学还只

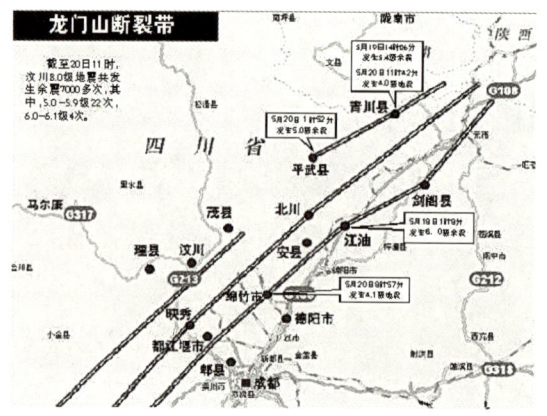

龙门山断裂带示意图

是个见习老师。21岁的她喜欢唱英文歌,特别是那首《My Heart Will Go On（我心永恒）》：

　　记得所有的感动，
　　星光下我们紧紧相拥。
　　无论是否能重逢，
　　我的心永远守候，
　　只盼来生与共……

　　尽管唱着爱情歌曲，可小姑娘还未品尝过恋爱的滋味儿；尽管工资只有区区700元，然而她尤其爱美。5月12日早晨升旗仪式，徐开波副校长记得特别清楚，小向老师就站在他前面。那天她一定是新烫了卷发，上身穿了件白T恤,下穿七分式的牛仔裤,脚穿旅游鞋,整个人显得特别精神,像个可爱的小精灵。徐开波说,她喜欢"臭美",中午还换了双新鞋子。

也是在这一天,造就了什邡奇秀景观,以百万年为计时单位的地质运动,突然又活跃起来。

而且,这次活动太不同寻常,整个断裂带又被撕裂,地底下积攒千万年的能量,把山峰颠散,又把谷地填平。

这时候,向倩正在三楼的六(2)班教室里教孩子们唱歌。她的好多学生都会学着她唱"哪里有你,哪里就是天堂"。

同在什邡市的师古镇民主中心小学26岁的女教师袁文婷,在上课铃还没响的时候,就已经进了教室,带孩子们唱课前歌曲——《国旗,国旗,真美丽》。

该市另一所学校——红白中心学校的汤鸿,也像袁文婷一样,是一位26岁的姑娘。她当时正在给五年级学生排练一支迎奥运的舞蹈《喝彩北京》。六一节快到了,学校将举行一次文艺会演。汤鸿是学校公认的音乐天才,只要

龙居中心校校门

祭奠

2008年5月20日摄于四川德阳什邡市红白镇中心学校倒塌教学楼废墟。在5.12大地震中学校毁坏,师生伤亡惨重。

汤鸿老师

是搞文艺活动，各个班的学生都会争先恐后地请她指导排练。

突然间，教学楼开始晃起来，地底下传来轰隆隆的声音，如同闷雷在滚。房屋开始噼里啪啦地裂开，人被晃动的楼体甩来甩去。

歌声戛然而止，排练的学生一下子僵住了。

这时，向倩的教室离楼梯口很近，她离教室门很近，其实她只需要跨一步，再走一步，仅仅两秒，就能轻易越过那条"界线"。但她一次次地奋力飞跑，拽着学生往楼梯口推！

她的学生肖雪和向芹跑到走廊的时候，从教室的第二扇窗子里，又看见小向老师从教室的门口扑向教室后面。刹那间，楼轰然倒了。

此时，10来公里外的民主中心小学，校园里也到处是受到惊吓尖叫着的孩子。袁文婷一边喊着学生快跑，一边三步并作两步，抱住一年级的孩子往外冲，把他们送到稍微安全一点的操场上，又立即冲上他们教室所在的三楼，再次抱着一个吓呆了的六七岁的孩子，带着其他孩子往下冲。

袁文婷读书的时候就是体育爱好者，个高身轻，健步如飞。此刻，她使

震后红白镇中心学校的教室

出了浑身解数。

当她第二次把一些孩子安置在操场上时,快要垮塌的教室里传出孩子的呼喊:"袁老师,我好怕……"

袁文婷再次冲上三楼,教学楼已经发出垮塌的声音。她又抱起两个孩子往外跑,快到楼梯口的时候,一声巨响,教学楼北面所有教室倒了下来。袁文婷当场被埋在废墟中,再也没有起来。

红白中心小学五(1)班教室,汤鸿一边喊着"不要慌",一边组织学生往楼下跑。不幸的是,刚跑到二楼的楼道,坍塌的砖块就砸倒了她。一天以后，一个场景让救援队员震惊了：汤鸿老师弓着腰，张开双臂，像母鸡护住小鸡那样，怀里拥着3名学生。汤鸿被上面砸下来的砖块击中遇难，而她怀中的3名学生有两名得救！

5月13日深夜11点，龙居中心小学救援现场，天下着瓢泼大雨。救援官兵小心翼翼地搬开几块叠压在一起的水泥断梁，发现了一双粉红色的高跟凉鞋，小向老师的脚露出来了，当最后一块断壁被搬开时，官兵们惊呆了，一个面目全非的老师弓趴在地上，她的身子已经断成了两截，只有脚上那双漂亮的粉红色凉鞋，透露着青春的气息。而她的双臂呈大环抱状，双手紧紧搂着两个孩子，她的胸前护着另一个孩子！

生死刹那间的过程，一下子展现在救援官兵们的眼前：在教学楼即将倒

袁文婷老师

塌的那一瞬间,向倩突然发现教室后面还有3个学生,她立刻以百米冲刺速度冲过去,抓住3个孩子想冲回来,然而楼倒了,在断梁砸下来的那一刻,她把3个孩子一把揽进了怀抱里……

地面还在不停地震颤,没倒的墙体还在不时地掉水泥块,死亡的惊悚如同地底升起的浓烟,一下子攥住每个人的心。

"啊!……"不知是谁悲怆地哭喊了一声,接着整个救援现场便是令人窒息的闷声呜咽。没有任何指令,官兵们突然一个个手拉起手,将外围其他人员隔离开。这个自发的动作,不仅是为了给这个一向爱美的小姑娘留下一点

**全体救援人员和医护人员
向向倩老师遗体鞠躬致敬**

向倩老师生活照

美丽的尊严。

"敬礼！"年轻的救援战士，大雨里齐刷刷举起右手，向这个可敬的教师表达军人最崇高的敬意！

再也听不到这一声"敬礼"的小向老师，生前最爱吃苹果，人长得恬静，圆圆的脸，笑起来也像苹果一样甜。同事们都喜欢她，把她当个小妹妹一般逗她玩，她总是笑吟吟的。学校就她一个女孩子没结婚，有时候办公室里几个大姐取笑她，她就红着脸悄悄跑开。

她有一副好脾气，可偶尔也喜欢耍个小脾气，却是耍过了一转身就忘了。有一次她找徐校长请假想去城里参加本科函授考试，徐开波没准她假，气得她嘴巴撅了好半天。后来徐开波想起来给她"赔不是"，"借"她的英语发了个"sorry"短信，没想到人家回复说"我忘了"。等徐开波真的快忘了时，她却又没头没脑地发给他两个字"快乐"，搞得他哭笑不得。

向倩的家离学校10公里外。平时她住在学校里，只有周末才回父母身边。徐开波家也在校外，每个星期五两个人常一起坐公交车离校，星期一又常会

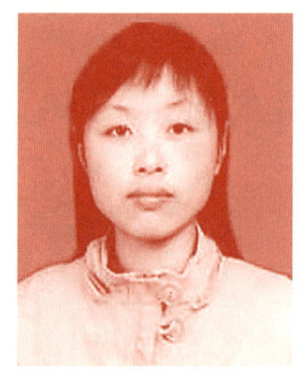

向倩老师工作照

在一辆公交车上遇到。

　　慢慢熟稔了，徐开波也逗她，有一次两个人坐在回家的汽车里，他说："听说咱校园以前可是个坟地，你夜晚在校怕不怕鬼？"笑吟吟的向倩说："咱可是百米冠军，什么'鬼'能追得上我？再说咱可是党员呢，信仰唯物论！"向倩大学时就入了党，虽然年仅21岁，可还真是"老党员"了。

　　两个人说着说着到站了，她掏出手机给父亲打电话让来接她，可父亲是另一所学校的副校长，当天正好在开会，说没空接，她立马就在电话里嘟囔开了，缠得当爸的没办法。徐开波说："你爸爸对你真好！"她却一脸的嗔怪，嘟囔着说："那只是你的认为。"

　　这个还略显青涩的小丫头呀，在这个生机勃发的初夏，她再也无法领会到爸爸的爱了。地震发生之后，父亲向忠海任职的南泉小学远离地震带而没有受灾，他立马赶很远的路来到女儿工作的学校。

　　连续33个小时，当父亲的水米未进，一刻也没离开那片废墟，直到眼见她被抬出来，父亲一下子就瘫在了地上。他用早就沙哑的嗓音，哭喊着："乖女儿呀……"会和他生气的女儿向倩,永远不能再应答了。从此,在一个叫马祖镇的路口,夕阳里,始终徘徊着一个等着接女儿回家的苍老背影。

5月28日,在向倩的家里举行了追悼会,她的灵堂前摆放着她生前的一张工作照。在哀痛的抽泣里,有一首特别的旋律在吧嗒吧嗒的泪滴中,湿漉漉地慢慢响起。那是小向老师喜欢的曲子,她的学生正并不整齐地唱给她——"哪里是天堂,哪里有你……"

让我们记住这个如花似玉的清纯可爱的小姑娘的生日——1987年3月18日,她曾经是她大学母校的百米冠军。记住袁文婷、汤鸿……她们都只有26岁,平时都是同事眼中快乐的小精灵,是孩子们的大姐姐,美好人生还刚刚开始,却在危急时刻献出了灿如夏花的生命。

我看见好多人在流泪

我看见灰尘遮住了蓝天

我看见布满泥土的一张张脸

我看见用双手连成的生命线

我看见好多的爱在把世界包围

第二章 生命大营救

北川中学救援现场

1　冲向废墟

刹那间,天昏地暗。北川中学烟尘四起,两米开外就看不见人。

几分钟后,烟尘渐渐散去。两幢五层高的教学楼,一幢完全垮塌,一幢沉下去,只剩下歪斜的三层。现场一片混乱,正在上课的师生被埋在废墟里,到处是呼救声,哭喊声。

五层的新教学楼变成了三层!

刘亚春已经带着教职工从会议室冲出来，赶紧掏出手机，想往外打电话，但手指颤巍巍的，不听使唤，老按不上键。好不容易按了110，不通；120，不通；119，不通……

通信信号没了！

快，赶紧派人去报信！刘亚春定下神，让一位年轻的体育教师跑步去县城报信求救。

但路断了！北川县与外界连接的道路，路面被震得如捏碎的饼干，山上滚落的巨石不时横砸在路中间。

刘亚春和党支部书记张定文、副校长马青平火速决定：男教师带领高年级学生组成10多个小组投入抢救！

这时附近的村民也赶来了，刘亚春让他们去找来锄头、钢钎、斧头，在烟尘呛人、余震不断的废墟上，师生们有的在抬着伤员奔跑，有的赤手刨着废墟，刨不动就用锄头挖，用钢钎撬，手破血流也不停下。一个个生命被他们从废墟中"刨"了出来。

很多学生一时没救出来，在废墟里叫着，一些女老师和学生上前喊话："节省体力，救援部队马上就来！"

站在另一栋随时都有垮塌危险的教学楼旁，付秀银隐约听见二楼多媒体教室里传出哭声和喊声。

里面有很多学生还活着！付秀银老师赶紧跑上前去。

忽然，余震发生了，楼体颤悠着。

"快过来，危险！"张定文冲着他喊，"先不要过去，注意保护自己！"

他应了一声。但救人要紧，余震一停，他又跑过去，余震来了，再跑开，

北川中学付秀银老师在救援现场看见许多遇难学生悲痛不已

前后来回3次。

好不容易，付秀银终于找到一处破碎的封闭处。它下面是一道坎，坎下有许多刚刚垮下来的建筑物残渣。付秀银就疯了似的去刨、去搬。

过了约半小时，在一个学生帮助下，付秀银终于打开了一个可供一人钻出来的洞口。被困学生一个接一个地从里面钻出来。

刘波爬到洞口的时候，冲着外面喊："有几个同学被桌椅压在里面，出不来，找个扳手给我，我去救他们！"有人很快找来了扳手。刘波又爬回去，在不时袭来的余震中救出了那几个被困的同学。

被压在这里面的是高一（1）班学生，共有60多人，48人获救。正在上课的唐坤老师身上多处受伤，但他仍然组织里面的学生有序地撤出后，自己才灰头土脸地爬了出来。

刘宁是北川中学初一（6）班的班主任。当天下午，按照安排，他带队在县委礼堂参加活动，一切都按部就班地进行着。

北川中学刘宁老师、张定文老师、蹇绍奇老师（从左至右）

突然，礼堂剧烈晃动起来，房顶和墙壁开始坍塌，坚硬的砖头雨点般砸下来。"快躲在椅子底下！"刘宁大喊。

幸亏牢固结实的铁椅子起了关键的保护作用，59名孩子幸运地躲过了地震劫难。

抢在余震之前，刘宁迅速带领学生冲出礼堂。他们跑到大街上，顿时惊得目瞪口呆：整个北川在刹那间变成了一座地狱之城。他们踏着满大街的瓦砾跑回学校，往日熟悉的校园已面目全非。迎着废墟里发出的呼救声，刘宁立即冲了进去。

刘宁在冲进废墟救学生的时候，他的女儿刘怡，被压在巨大的水泥板下面，正等待着来人救援。

一位曾和刘怡困在一起的同学回忆，当时刘怡被压在课桌下面，只是脚受了伤。她一直没哭,还不时对一起被困的同学讲:"老师一定会来救我们的!"

但又一次余震,砸塌了刘怡的那点容身之地。这个一向坚强的孩子,永远留在废墟里,没能再和爸爸见上一面。

和刘宁同在县委礼堂开会、又一同返回学校救人的校团委书记骞绍奇,在路上遇见邻居。邻居对他说:"赶紧去救你妈妈和侄儿吧,他们都被埋住了!"

骞绍奇当时离家只有50米,他甚至隐约能听到母亲在一声声喊着他的乳名。骞绍奇朝着家的方向,深深鞠了一躬,说:"原谅您的不孝儿,妈!"然后转头就冲学校救援现场飞奔而去。

骞绍奇还不知道,他正上高一的女儿也被埋在学校废墟里。女儿埋得并不深,如果能搬开那根横梁,她本可以死里逃生。她甚至能透过空隙,看得见正在救她的妈妈。妈妈正拼尽全力,试图搬开压在她身上的那根横梁。看见妈妈,她就哭了,对妈妈喊:"妈,我在这儿。"

可她的妈妈力量太弱小了,根本搬不动那根沉重的横梁,妈妈不得不去找人救她。妈妈离开时不放心地交代她:"等着,我去叫爸爸来救你。"

妈妈去叫骞绍奇,可骞绍奇正忙着救别的孩子,根本无暇顾及上自己的亲生女儿。妈妈再一次回到女儿身边,依旧努力地想搬动那根横梁,可一直没有成功。等到终于有人来救援时,女儿让妈妈的希望永远落空了——她在妈妈眼皮底下,走了。

在救援现场,张定文发现了压在废墟里的妻子。他的妻子叫李硕,也是一名教师,李硕的两只手伸出废墟,脖子以下被埋在下面,她大声喊着丈夫的名字。

但张定文似乎没听见。付秀银老师发现了她,赶紧上前去刨。刨了整整一个小时，才救出了李硕。等李硕出来后，一块预制板在余震中落下来，付秀银脱口而出："好险！"

李硕被人背离现场。在经过丈夫张定文身边时，她哭着嚷："你明明看到了我，为什么不来救我？你对我的感情都是假的！"

张定文也哭了："我不是不想救你，可这里还有这么多学生等我去救啊！"

夜幕降临，下起倾盆大雨，给抢救带来了极大困难，但是没有一个人撤退。那晚很冷，很冷，学生就以班级为单位，背靠背围着圈，用铺盖裹着。有的学生这时半截身子还埋在废墟里，老师就用水把他们的嘴皮打湿——不敢喂水，怕发生大出血。那个暴雨如注的寒冷黑夜啊，北川中学的老师和学生通宵厮守在一起，相互安慰，相互鼓励，不舍相救……在与外界隔绝的情况下，师生的昼夜奋战，硬是把200多个年轻的生命，从死神的魔爪中夺了回来。

一场场惊心动魄的大救援在灾区迅速展开。

德阳。东汽中学。

地震发生时，校长周德祥冲出办公室，转身喊上隔壁的小刘老师，可小刘没应声。他撞进办公室找小刘，发现门后有一名学生吓得缩成一团，一把

东汽中学救援现场

扯起就跑。

在二楼楼梯转弯处，几个学生吓晕了头直往楼上跑，周德祥大吼一声："站住，往回跑！"但楼梯出口已被坠落下来的楼柱堵住了。他找到一处空隙让孩子们侧身挤下来。孩子们逃到十几步外的操场上，一回头只见那座楼房正摇摇摆摆地"坐"下去。

东汽中学的教学楼呈U字形，地震的时候老师们都在上课，先是北面的三间教室垮塌了，接着南头一至四楼的教室也全部倒塌，瞬间逃生几乎不可能。谭千秋老师当时就在北面四楼上课，和他一起遇难的还有13位老师。

震后3分钟，周德祥迅速组织师生开始了一场与灾难争夺生命的较量。

残存的教学楼摇摇欲坠，随时都有可能再次垮塌，但教师们坚持抢救、组织疏散学生；有的临危不乱，被困废墟中，边安慰惊恐的学生，边设法寻找出口，终于带着学生成功逃离死亡；有的在没有任何救援工具的情况下，用双手在废墟中刨出了一个又一个学生。

什邡。红白中心学校。

当第一批学生成功撤离后，八（1）班教师李德明带着最后一批10多名学生往楼底下跑。这时他发现，一楼和二楼已经塌了。是守在三楼不动，还是带着学生往楼下冲？

一闪念间，李德明下了一生中最大的"赌注"：不往下冲，而是叫学生赶快抱住三楼楼梯间的柱子。十几个孩子一连串"嗖嗖"地爬上柱子，双腿紧夹，双手紧抱。

他"赌"对了。楼很快就垮下来，只有那个柱子还矗立着！结果，除少数人掉下一楼遇难外，其他10余名学生幸免于难。

四川省什邡市红白镇中心学校在5.12地震中校舍坍塌，损失严重。灾后学校10余名党员组成共产党员救灾队，积极投入抗震救灾，以实际行动践行共产党员先锋模范作用。

王敏老师、邓丽君老师、周汝兰老师（从左至右）

陕西宁强。黄坝驿学校。

当地震发生时，王敏跌跌撞撞冲进正在坍塌的教学楼里，被封堵在二楼楼梯口、乱作一团的20多名学生大声呼叫"老师"。

王敏不顾一切冲向二楼，领着惊恐的孩子们沿墙角而下，并顺手抱起两个孩子，跑出了教学楼。

还没来得及喘口气，她身后又传来一声尖叫。王敏回头一看，二楼楼梯口还有两个小女孩儿吓得缩成一团，王敏再次冲进教学楼，护着她们往楼下跑。这时候，一大堆砖瓦倾泻而下，重重砸在她的头上、背上，王敏的头、额、面部严重受伤。

彭州。红岩小学幼儿园。

周汝兰在那一刹那，猛地扑过去打开教室门，抓起两个孩子冲出教室，边跑边喊："孩子们，地震了！快跑，跟老师跑到操场上去。"

把孩子放到室外空地上，她疯一般地再次冲进教室，左手拉一个，右手拉一个，抱着孩子在摇晃的楼道里向外跑。

在操场上清点人数，还差两个孩子，周汝兰又第四次冲进教室。

阆中。特殊教育学校。

大地震发生时，67名残障儿童,除了一个睡眼惺忪的智障孩子晃晃悠悠地走出来以外，其他智障儿和50个听障孩子都不知所措。

23岁的邓丽君老师奋力抓起六神无主的孩子，将他们推到门外，一个，一个，又一个……房屋震荡更加剧烈，爆裂的瓷砖啪啪直掉。这时，宿舍里还有两个小孩！她们不知道该怎么办，只是死死地趴在地上。宿舍的屋顶已经断裂。情况万分危急，邓丽君义无反顾，又一次冲上学生宿舍楼，大声喊着："孩子，快拉紧老师的手！"两分钟，50个听障孩子，17个智障孩子，全都毫发无损！

……

2 "老师陪着你"

映秀的美，妙不可言。

许多到过映秀的人都这样说，那是缀在云朵上的一颗绿宝石。

四面青山、两河环抱中，映秀人长期过着静谧、恬适的日子。

而地震毁了这一切。站在香樟坡的半山平台上看去，映秀满目疮痍，残破不堪。这个只有12000人口的小镇，8000多人的生命消殒。

映秀小学只剩下一根孤独的旗杆，沿渔子溪河流向而建的教学楼、综合楼和宿舍楼全部垮塌，一片废墟里都难以找到一根较为完整的断梁。

一切都来得太突然。

董雪峰老师正在综合楼二楼和谭国强校长商量着工作。大地剧烈抖动起来，楼房猛烈摇晃，玻璃相继迸裂……谭国强跌跌撞撞冲向操场，向正在上体育课的孩子们喊："不要慌，全趴下！"

与此同时，地动山摇中，整所学校就散了架。

谭国强大呼："救人哪！"

映秀震前

　　39岁的张龙永老师从二楼摔下来后，爬起来就开始抢救学生，老师们都没有察觉到他受了重伤。晚上9点过后，他实在坚持不住了，便坐下来看守学生。直到15日下午，他才被送进医院，经检查他断了3根肋骨。

　　而带给他一丝安慰的是他亲手救出了几个孩子，他说："学生比天大，那个时候不救学生，你还算教师吗？"

　　老师和附近的居民赶来了。谭国强立即安排女教师把幸存的学生组织在一起，同时把男老师分成3个组，一组在教学楼前的废墟里搜救，一组到教学楼后搜救，一组寻找钢钎、锤子、钢锯。

　　由于教学楼门厅的柱子没有彻底断裂，形成一个斜面，支撑了部分坍塌的钢筋大梁和预制板，里面掩埋了很多孩子。

　　而这时候，废墟里面，8岁的周玉烨、9岁的林浩一直用歌声鼓励被困的同学。

　　冒着接连不断的余震，老师和家长一边用木棒支撑门厅，一边爬下去，把

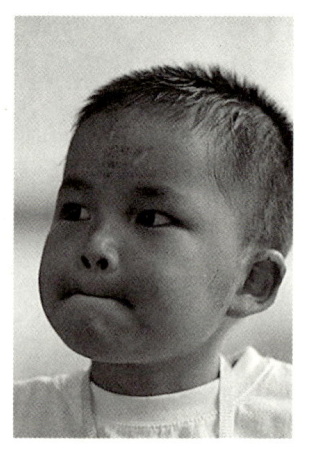

小英雄林浩

砖块和混凝土一块一块传出来。但是，大梁和预制板根本抬不动。3名教师紧急寻找到了千斤顶，好不容易撑起了一个可以进入废墟内部的孔道，又救出了几名幸存者……渐渐地，呼救声越来越稀少，每救出一个孩子也越来越困难。

此时，巨石从山顶上不断滚落，"轰隆隆"的山体滑坡、崩塌之声不绝于耳。紧邻学校的渔子溪河水出奇地细小、浑浊，河水被山体阻断了！

"可能有洪水！"当地抗震指挥部紧急命令学校师生转移到地势较高的二台山上，以避免发生更大伤亡。

没有水，也没有电，大雨令气温骤然下降，很多人冷得牙齿打战，他们就胡乱搭了个塑料帐篷。有人生了一把火，旋即被人阻止了，他们担心火会把地震释放出来的可燃气体点燃。

谭国强校长

就一转身的工夫，董雪峰老师突然发现，刚刚还脱下一件衣服披在一个孩子身上的谭校长不见了。

肯定是回学校了！董雪峰等几个教师分析。他们几个又在暴雨中摸黑一路滚爬回到学校。

谭国强果然在那里。

漆黑的废墟上，谭国强取下他汽车上的电瓶，由一个家长照明，一个人在那里不停地刨。谭校长说："我不想让艰难求生的老师再遇到灾难，强迫他们走……虽然上面喊撤，但有孩子在叫救命，我心里很难受，不忍心离开。"

赶过来寻找谭校长的几个男老师，和他一起，在黑暗中一边流着泪安慰着被埋的孩子们，一边玩命地用十指刨着废墟。

但仅仅凭着几双手，实在难以扒开废墟。时间一分一分地过去，渐渐地，

东汽中学救援现场

他们听见废墟里的呼救声越来越小了。这些男教师轮流在废墟上呼唤，叫废墟下的孩子保存体力，不要慌张，安慰孩子们说："老师会陪着大家，明天就会把同学们救出来。"

一整晚，余震不断，山崩不断，大雨不断。

这一夜，谭国强一下子老了。等到天明的时候，他那原本的一头乌发，全白了。

这天，苏成刚老师在废墟里发现了他班上的女生张春梅。他一边用简单的工具施救，一边陪她说话。可她被压得太重了，无法救出。

张春梅对苏成刚说："老师，你陪着我嘛。"

苏成刚使劲点点头，回答："好，老师陪着你！"

她又说："等我出来了，你还要给我们上课……我的头发乱了，不好看了，你帮我理一下。"

苏成刚不住地点头，眼里噙着泪水。

稍后，张春梅有点羞涩地说："我的裤子烂了，你帮我找一条。"随后又说："老师，你累了，你去吃饭吧，我的筷子呢？……"苏成刚知道，她已经有些神志不清了。

这一夜，二台山上，老师们把学生按年级分成三堆，把他们围在中间，不少学生在哭……大雨不停地泼，学生和女老师躲进临时帐篷，男老师则淋着雨，手牵着手在帐篷外守护。

5月13日,天刚蒙蒙亮,大雨还在下,救援部队还没到达。女老师们不知从哪里找来一包方便面和小半瓶矿泉水,20个小时粒米、滴水未进的9名男教师,每人打湿了一下嘴唇,象征性地扯了几根方便面,又冲上了废墟。

张春梅终于获救,但永远失去了双腿。苏成刚到医院看望她,她还乐呵呵地说:"老师,我以后还要跟你学画画。"

到5月14日下午,在专业救援队到来之前,映秀小学老师们全力在教学楼营救学生,救出学生80多人,而掩埋着20名教师及5名家属的教师宿舍和办公楼,却没有一人获救。在本校读书的8个教师子女,只有3个幸存下来。

救援仍在火急进行。

东汽中学大操场上,陆续挖出来的遗体越来越多,一字停放在那里,一簇簇青青的树枝盖在他们身上。

又一个小姑娘被人们从废墟里刨出来。可这花朵一样的孩子,在救援人员的怀抱里,咽下了最后一口气。

罗建平老师流着泪,仔细擦去她脸上的泥土,又找了一条碎花小被轻轻裹上,把她抱进学校北面的小操场里。到了晚上,罗建平带领部分学生转移,突然想起躺在小操场上的小姑娘,心颤抖起来。

罗老师来不及安顿她了,就委托团委书记刘俊把她抱进大操场。她对刘俊说:"别把她一个人放在那里,她还是个小孩子,一定怕黑。"

刘俊把这个"怕黑"的姑娘抱过来,放在校园旗杆的位置,她周围是那些遇难的大孩子。刘俊心里念叨着:"就让大哥哥大姐姐们护着你吧,你这胆小的娃,这回不怕黑了吧……"

在灾区救援现场,几乎每个女老师都像罗建平老师这样,每当一个遇难的孩子从瓦砾里刨出来,她们都默默流着泪,用湿毛巾把孩子们肿胀变形的小脸擦干净,让他们尽可能"美丽"地走。

3　最后的棒棒糖

"女儿，爸爸一直欠你妈太多，你是爸爸的乖女儿，你一定要听妈妈的话，替爸爸好好照顾妈妈……"

"老婆，这么多的孩子出远门，说实话交给别人我还真放心不下，我最后托付你一件事，去天堂的路上替我照顾好这些娃娃……"

2008年8月1日，绵竹东汽中学校长周德祥，抽出空来给娘儿俩开了个简朴的追悼会。他在追悼会上，这样给两位至亲的人最后嘱托。

5月12日地震后，周德祥的妻子和女儿都被埋在废墟里。5月15日，还没有娘儿俩的消息，他知道一定是凶多吉少，却又心存侥幸。周德祥的女儿周文超是东汽中学学生会主席，今年5月刚被评为省级三好学生，她的成绩是文科第一名，眼看就要高考了，她的目标是北大。

女儿是个正直、有爱心的人，那次学校食堂菜价上涨，女儿回家质问他："你是校长，为什么不管管？"爸爸扳着手指给女儿算账，说猪肉由7块钱一

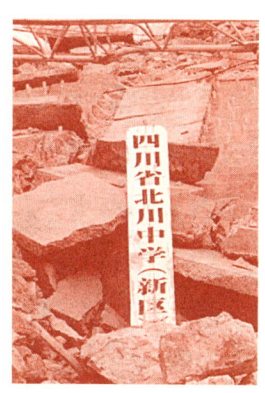

北川中学新校区变成了废墟

斤涨到13块了,食堂菜价不涨怎么办?

女儿理解了父亲的无奈,却转身找到罗建平老师,拿出零花钱资助班里家庭困难的两个同学,还和罗老师约定千万保密。可罗建平还是在校长面前"出卖"了她,周德祥笑笑权当不知。

地震以来,他只回家过一次,什么也没拿,只把女儿从小学到高中的照片、奖状全都拿了出来,他说这是他最珍贵的财富。说这话的时候,他的眼泪大颗大颗地滚落下来。

直到5月16日凌晨两点,有人叫周德祥去东汽技校辨认一具双腿还压在预制板下的遗体。遗体旁边的一只黑色皮鞋一下子拴住了他的视线。他弯腰拾起那只鞋,捧在手里。看着鞋面上点缀的金属花朵,妻子穿着新皮鞋笑吟吟的样子又闪现在他的面前。

这时候又有人来低声告诉他说,小文超"出来了"。又一处废墟上,女儿穿着红衣服,静静地睡着。他蹲下来,轻轻抚摸女儿的脸。女儿真的睡着了,一身轻松，像平时刚做完作业那样踏实地"睡"着了。

刘亚春也永远地失去了妻子和儿子。几天几夜过去，他一次都没回就在校园里的家看一眼，一直守在北川中学废墟边，指挥紧张的救援。

短短几天，他胡茬长满了，鬓角开始斑白，脸上身上，全是泥浆和血迹。

有些转移出去的教师又回到学校，他们想让校长离开学校休整一下，说："你再不走，我们就把你扛出去，背出去。"

但刘亚春还是没走。他说："我是校长，在紧要关头，灾情就是战场，我必须坚守岗位。"

许许多多教师的家，被地震活生生拆散了。地震让北川中学的40多个教师失去了直系亲属，但没有一个离开救援学生的岗位，先去抢救自己的亲人。

刘亚春的妻子叫梁乐平。自从丈夫当了校长，原本是北川中学高级教师的她，为了"避嫌"，就调往县教育局当教研员，在教师进修学校上班。

刘亚春个子不高，机敏干练，走路疾步如风。他是个典型的工作狂，似乎总有使不完的劲儿，差不多每天都到半夜才从办公室回家，好在他的家就在校园里。

他每天晚饭后都会抽15分钟的时间，和妻子一边散步，一边交流。这样的习惯坚持很多年了，几乎雷打不动。那难得的15分钟，他们夫妇都很看重。散完步后，刘亚春就一头钻进办公室，而梁乐平总是习惯于打开电视机，斜倚床头，等着丈夫回家，常常是迷迷糊糊睡着了，又被丈夫开门的声音惊醒。

梁乐平疼惜丈夫太过辛苦，就包揽了全部家务。每次刘亚春出差，就连毛巾和肥皂这些小东西，她都要悉心替他收拾好。她很节俭，就在地震前不久，刘亚春给了她一些钱，让她买一身好点的衣服。她总算咬着牙买了一套，

刘亚春校长哭祭

穿在身上让丈夫猜猜多少钱。刘亚春抬头一看，笑了笑说，顶多几十块。

他们相敬如宾。生活里的刘亚春对妻子很是依赖，他曾经说，假如离开了妻子的照顾，那简直不可想象。

妻子一般中午不回家，平时刘亚春和儿子刘林青都是在食堂吃午饭。而在地震的当天中午，父子俩吃罢午饭回家，这个和爸爸一样不太爱说话的孩子，竟和爸爸逗趣，说："看着你累，又知道你懒，我就替你洗碗吧。"儿子长得很帅气，喜欢打篮球，成绩特别优秀，也特别懂事，初中3年他竟没让一个同学知道他是刘校长的儿子。

那天上午，刘林青刚夺得了全国中学生英语竞赛的大奖，喜滋滋地回家把奖状放在茶几上。在他洗碗的时候，刘亚春出门去开后勤工作会，他懂事地说："爸爸再见"。

映秀镇小学教师唐永忠、苏成刚、董雪峰、刘忠能（从左至右）

董雪峰老师

没想到这声再见，竟成为父子最后的告别。

刘亚春寡言少语，甚至有些惜字如金，他回答问题常常就是三两个字的短语，声音不大却短促有力。可他乐意把自己遇到的烦心事说给妻子听。刘亚春近期有些不开心，他盘算着想打造高效课堂，可遇到的困难不小。5月11日晚上，妻子刚理了头发，她看丈夫一副心事重重的样子，特意陪他围着校园内的小花园，多走了两圈，一边耐心地劝他："把事情看淡一点，不要着急，千万别累坏了身体。"

没想到妻子的这句话，也成了她留给刘亚春最后的关爱。

几天后，营救学生暂告一段落，刘亚春抽出点时间，一个人赶到县城里埋着妻子的废墟边上，为妻子点燃烛光，轻轻地说："乐平，谢谢你，20多年来陪伴我，照顾我。放心吧，以后我会学会自己照顾自己。"

地震当晚，苏成刚随映秀小学其他师生撤到二台山后，妻子所在幼儿园的园长交给他一个包，说："只发现了这个！"那是妻子平时最喜欢的一个包。

苏成刚急忙找了个手电冲向幼儿园，漆黑的夜伴随着瓢泼大雨，而他却感觉是那么安静。站在废墟上，他一遍又一遍呼唤妻子："晓庆，你在哪里？"但是什么回音也没有。

怎样才能找到心爱的妻子？他想到了妻子每天早上7点有个手机闹铃，便决定第二天一早来看看。

天没亮，苏成刚又坐在了幼儿园废墟上，安静地等待爱人手机的闹铃声，害怕放过了哪怕是一丁点儿的声音而错过了唯一的希望。

7点刚到，熟悉的铃声又响了。循着铃声的方向，他慌忙用双手刨过去，刨了1米多深，终于看到了那张熟悉的脸。妻子的身体被厚厚的墙体和大梁挤压着，已没了气息。

他找来木板搭在妻子头顶，用笔在上面写了一行字："映秀小学幼儿园教师程晓庆，夫苏成刚敬立。"

地震那天，映秀小学教师董雪峰在救援现场眼看着儿子被抬出来，灰尘扑满了他幼小的身体。他抱过儿子，给他擦去脸上的泥土，然后轻轻地把他放在草地上，一抹眼泪，再次冲向废墟救学生。

5月15日下午，上级命令学校幸存师生必须转移。董雪峰带着头一天一位家长硬塞给他的一根棒棒糖，来到儿子躺着的那片草地上，把那根棒棒糖，放进儿子的小手里……

每一次，都在徘徊孤单中坚强

每一次，就算很受伤也不闪泪光

我知道，我一直有双隐形的翅膀

带我飞

飞过绝望

第三章　与『死神』赛跑

与"死神"赛跑

1　一把石子

青川告急！汶川告急！北川告急！

撕裂的地面张开大口，要命的余震不断袭来，让原本岌岌可危的楼房随时可能垮塌。

山体滑坡，滚落下来的山石阻梗了河流，凭空新添的几十处堰塞湖悬在头顶。大雨铺天盖地，滔滔河水暴涨，眼看水漫堤决……

校园已成为与世隔绝的孤岛，危机四伏。那些刚刚从废墟里钻出来死里逃生的孩子们，还没来得及擦去身上的血污，危险又接踵而来。

眼看着天色昏暗了，待下去意味着束手待毙。不管前路有多凶险，只要有百分之一的希望，也要冲出去。

北川中学。一具具血肉模糊的遗体，被师生们从废墟里用十指挖出来。现场惨不忍睹，深深刺痛了还在恐惧中的孩子。

13日凌晨3点，刘亚春校长找到救援现场的县领导，请求转移，他说了

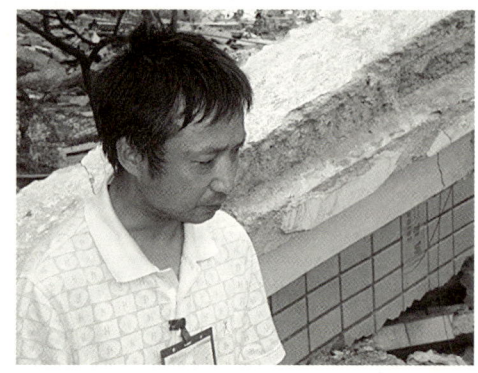

刘亚春校长说:"我们幸存的师生会更加坚强地活下去,我们要记住帮助我们的人,我们怀着感恩的心,要做对社会有用的人。"

几条理由,而其中的一条让县领导也不能不为之动容。

"为北川中学保留点种子吧……"

在北川中学转移现场,用来接送学生的,仅有3辆部队派来的汽车。

1400人,会不会有人抢座?仅有的那点食物和水,会不会有人争抢?

有人提议:"校长你讲讲纪律吧。"刘亚春说:"不用。"然后,他站在队伍前面的台阶上。他的背后,就是倒塌教学楼的巨大废墟。

望着这些从废墟里幸存下来的孩子,他的目光来回扫瞄,不时停留在那些身上还血迹斑斑的孩子脸上。

他给孩子们开过无数次会,可只有这一次最特别。

这位情感细腻的校长,用无限慈爱的目光尽可能与每一个孩子交流,那些受伤的孩子,被同学搀扶着,眼里含着泪水……

刘亚春突然转身望一眼废墟,然后再缓缓转过身来,直直地盯着孩子们。

很多孩子走过他身边时,抬头望着他,脸上绽出怪怪的笑,带点苦涩,又充满关切。刘亚春这时也咧开嘴,露出笑容,看起来也是怪怪的。

突然,有些孩子从队伍里冲出来,急匆匆跑到废墟前面,弯下腰抓了一把石子,小心地攥在手心里……

后来,在绵阳市长虹培训中心复课后,孩子们就用这些石子,在一面墙上镶嵌了"北川中学,四川长虹"8个大字。8个字摆好了,他们留下最后一颗晶莹剔透的石子请刘亚春缀上。刘亚春轻轻地将这颗从北川中学校园里捡来的石子按上去的时候,眼泪一个劲地在眼眶里打转。

运送北川学生转移的那3辆汽车,一直停在那儿。车门打开了,孩子们一个个经过,却没有一个人上车。食物和水也放在那儿,可没有人去拿。即便是老师们递过去,有些孩子都没有接。

有些大同学经过汽车时停下来,弯腰把身边的小同学或者伤员抱进车

北川中学师生转移

在绵阳市长虹培训中心复课后,北川中学的孩子们用地震毁损的校园的石子镶嵌了"北川中学,四川长虹"8个大字。

里，那些孩子想挣扎着下车，可硬被阻止了。车里的孩子流着泪，向车外的人一遍遍挥手告别。

刘亚春叫过身边的何琼老师，指着一个小女孩说，这个孩子叫代施捷，父母都遇难了，你一定要照顾好她。何琼咬着嘴唇，用力点点头。

从北川到安昌20公里，这支1000余人的队伍接序而行，浩浩荡荡，跋山涉水，大手拉着小手，一路相互搀扶，步行了6个小时。

走出去就意味着生，可刘亚春一直留在余震不绝的北川中学。

在北川中学的废墟上，至今还偶尔能看到学生的身影，他们依然会捡些石子揣在兜里。那些石子，像种子一样在他们心里发芽，而根，就扎在梦里从没倒塌的书声琅琅的校园。每次遇上了，刘亚春都会和他们交谈几句。孩子们难过地说，虽然校舍没了，可这里仍是我们的学校……

2　24双手臂

崇州市鸡冠山中学位于海拔1000多米的鸡冠山半山腰。

5月12日下午2点40分,王京平校长守护着200多个躲在狭小操场里的孩子。孩子们战战兢兢,一副惊魂未定的神情。操场四周的围墙摇摇欲坠,周边是崩塌的山体,沉闷的隆隆声不时传来。

这时有人急匆匆找到他说,学校上游的河道被山石完全阻断,形成了堰塞湖,一旦洪水决堤,将有全军覆没的危险!

王京平清瘦的脸上掠过一丝不易察觉的担忧。他果断决定,撤!一支由205名学生和24名教师组成的队伍,开始向坝上一处农家乐高地进军。

鸡冠山中学56岁的副校长朱志清患有骨髓炎,走路很不利索。王京平对他说:"你别跟着去了,回家去看看老母亲吧。"地震时朱志清年届八旬的老母亲卧病在床,生死未卜。

可朱志清说:"她老人家一定福大命大……"话音未落,就哽咽着说不下

震后漩口中学

去了。

  他用咳嗽掩饰,继续说:"走这样的路我可比你们有经验,离开了我不放心。"说完,随手抱起一个孩子,一瘸一拐地上山了。

  总算到了坝子上的一处农家乐。一行人却发现怎么也"乐"不起来。

  尚未倒塌的楼房,嘎嘎吱吱,摇摇欲坠,老师赶紧招呼孩子们躲得远远的。而在农家乐的头顶上方,另一家被震坏的农家乐,半边房子倾塌了,向下滚石落木——这里仍然充满危险。

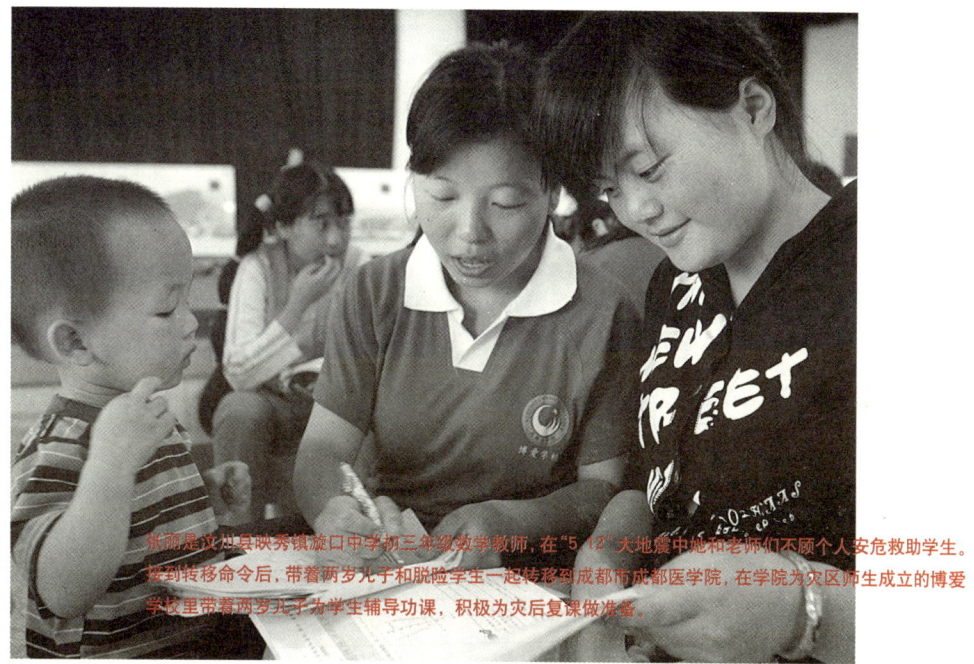

张丽是汶川县映秀镇旋口中学初三年级数学教师,在"5·12"大地震中她和老师们不顾个人安危救助学生。接到转移命令后,带着两岁儿子和脱险学生一起转移到成都市成都医学院,在学院为灾区师生成立的博爱学校里带着两岁儿子为学生辅导功课,积极为灾后复课做准备。

    天黑下来了,在绵延的大山里,另行转移不太可能。王京平和老师们碰了头,决定夜里务必保护好孩子,熬过夜晚等天亮了再走。

    先想办法弄些东西吃吧!孔凡卫老师绕着危楼摸索一圈,小心翼翼地钻进去,竟然找到了锅灶和一点大米,还意外地找出几十床被子。

    赶紧生火!他们费了好大的劲才把湿柴草点燃。香喷喷的一锅大米粥煮好了,没有碗,孩子们就轮流用勺子喝几口,恐惧和寒冷也随着热乎乎的汤水慢慢消减。

可如何过夜仍然让王京平头疼。他们用砍来的竹子支撑起两个篷子，把被子铺在湿地上，招呼孩子们快点睡觉。疲惫的孩子们身子挨着身子，一躺下就进入了梦乡。

夜里风越来越大，篷子呼呼啦啦地乱倒，竹竿根本撑不住，扶了几次还是撑不稳。老师们干脆不撑了，扔了竹竿，站在风雨里，用手使劲扯住篷子的边角，举起帐篷。篷顶的积水太多，他们就钻进去，用手顶起，让积水流下来。

夜里11点左右，气温骤降，简直比冬夜还冷。睡梦里有些孩子打起了喷嚏。他们赶紧把孩子们全叫起来，从地上扯起被子，让他们三五个人背靠背坐成一圈，然后用被子围在孩子们的腰上。

这一夜很长很长。当天色终于在夜雨里泡白的时候，一锅热腾腾的米粥正等着孩子们。老师们叫醒了学生，自己却瘫软在地上。

孩子们哪里知道，这一晚，在帐篷外，他们的老师筑成一道身躯的围墙，24个屹立的人，24双高擎的手臂。老师们站了一夜，举了一夜，守了一夜。

有些家长闻讯找到坝上来，把自己的孩子领走了。老师们清点一下人数，在随后赶来的武警官兵的配合下，他们强撑着身子，组织剩下的学生再次转移。

从鸡冠山到文井江温泉近30公里，有3处较大的断塌处。在一处叫大偏岩的地方，所有人都经历了一次生死考验。

要想通过大偏岩，必须一手抱着孩子，用另一只手紧抠岩缝，脚蹬着岩壁，一点一点地往前挪，稍有闪失，就会滑下深深的悬崖。

王京平戴着眼镜，抱着一个小"胖墩儿"。一阵狂雨泼下来，意外发生

5月16日,从地震重灾区汶川映秀镇撤离出来的120名漩口中学师生入住成都医学院。图为学院的外籍教师义务为学生辅导英语。

了! 王京平的眼镜突然从鼻梁上滑落下来,他下意识地想去扶一扶,身子一晃动,吓得一直紧张地闭着眼的小"胖墩儿"惊恐地尖叫一声。他赶忙紧贴住岩壁,用肩头顶着孩子。下面的人发觉了,大声引导着他,他才摸索着通过了大偏岩。

24名教师里有个叫朱琳的女教师,胃部曾动过大手术,去文井江温泉时,正好经过父母家门口。父母怜爱地叫她回家,她不愿意丢下学生自己一个人留下来。父母就递给她一把雨伞,她却撑在了学生彤彤的头上。

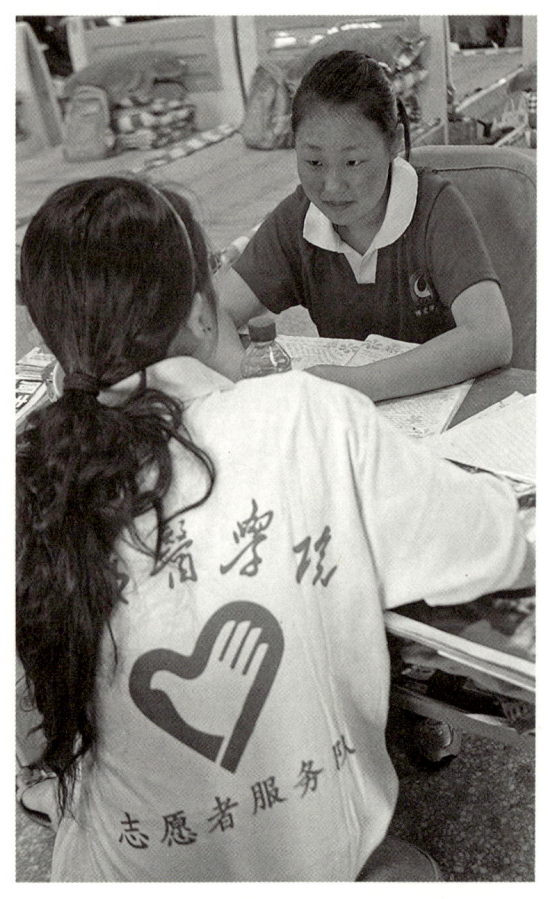

5月16日，从地震重灾区汶川映秀镇撤离出来的120名漩口中学师生入住成都医学院。为了接待安顿好这批特殊客人，学院做了充分准备，成立了"成都医学院博爱学校"，为受灾学生准备了生活和学习用品。为了抚慰心灵受到创伤的学生，学院的省应用心理学研究中心组织专业教师，对学生进行"心理救助"。医学院师生表示要"让学生生活好，学习好，感受到家的温暖，让他们的心灵得到抚慰"。图为学院的大学生志愿者和受灾学生谈心，安抚学生。

很多学生路上丢了鞋子,赤着脚。那些同样丢了鞋子的老师,背着孩子,以一双铁脚,踏过岩石和荆棘。等他们再从温泉乘车到达崇州市区学府街小学,安顿下来之后,过了好几天,有些老师还不能走路,他们脚上的血泡串成了片,整双脚板血肉模糊。

一夜为学生擎着雨篷的,还有从操场撤往"孤岛"上的汶川漩口中学的老师们。

当时,漩口中学已"沦陷"为一处名副其实的"悬口"。道路阻绝,大水围困,命悬一线。

12日下午2点45分,校长张舜华来不及害怕,就率领1500名师生,在滚滚烟尘中摸索着,向一座孤零零的小山冈转移。

这一夜,初二(1)班的张光飞同学回忆,老师们就像"董存瑞"那样一直举着帐篷。

没有食物,没有饮用水,没有通信信号。他们如同在一个孤岛上,外面发生了什么,不知道;地震危害有多大,不知道!孤单和恐惧渐渐袭上每个人的心头。校长办公室主任徐康志说:"那时我们都有一个强烈的信念,党和政府肯定会来救我们!"

为了寻找些食物,任远军等一些老师几次只身回到废墟里的学校。他们还跑到镇子上去寻找食物,被人误认为是在抢东西。老师们哪有时间争辩,孩子们正眼巴巴地等着给他们弄吃的呢。

从地震到14日上午,任远军找来的那些食物,自己没舍得吃。14日上午部队开始空投食品,地震让当地的地形更加复杂,他们捡到的仅是不多的方便面,勉强够孩子们每人一包。孩子们见老师一直空着肚子,想匀些给老师，有的老师故意打着饱嗝，笑着说昨天的还没消化呢。孩子们知道老师是在说谎。

深陷孤岛，震不死也得饿死，他们决定继续转移，赶向6公里外的紫坪堡。

路上有块几十吨重的巨石挡道，搬又搬不动，爬也爬不上去，只能绕道。山上根本就没路，只能在岩缝里攀援，可岩石都震松了，攀住了不敢用力，否则连着岩石滚进山下的大河里，摔不死也得淹死。

老师们就是在这样的途中，用身体为孩子们加固了一道不倒的屏障。他们一路给孩子们说着"假话"，终于到了紫坪堡。

14日中午部队来接应了，筋疲力尽的师生们坐上部队的冲锋舟喜极而泣。

3　18粒去痛片

北川陈家坝乡一片肃杀。全乡二十几个村子,有18个被夷为平地。陈家坝中学校长刘应琼,一度还以为整个陈家坝被周围的山"包饺子"了。

当很多老师得知自己的家人遇难时,悲痛一下子笼罩了这支队伍。可老师们不知道,地震让他们的刘校长失去了6位亲人——母亲、侄子、妹妹、妹夫、弟媳……

刘应琼含泪对老师们说,记住这场灾难吧。这些孩子,有可能是每一个家庭幸存下来的"种子",咱是他们的老师,咱得对得起他们的父母,拼死也得保护好他们……

为了保护这些"种子",他们在地震中一共转移了3次。

震后,刘应琼从废墟里钻出来时,额头和眼睛里都流着血,染红了半边白色裤子。根本找不到药,有个老师从衣服上撕一块布想替她包扎,她一甩胳膊说,这里危险,赶紧清点人数,把学生转移到操场去。她顾不得自己,急急地跑到街上去叫人救学生,这一刻她忘记了疼痛。

街上一片狼藉。

有些刚钻出废墟的人,正坐在废墟边上。他们被吓呆了,表情麻木,任凭她大喊甚至哀求,仍然无动于衷。

她凄厉地大声喊叫:"我们都是养儿育女的人,救一条命是一条命,我求你们了……"她急得几乎要双膝下跪。

终于有人提着木棍来了,随她跑回学校。几个人用木棍合力撬动楼板,根本不管用,木棍一下子折断了,棍下垫着的砖也碎了。扔了折断的木棍,他

陈家坝中学教师宿舍

们赤手一把把地刨，硬是在大梁之下刨出一个洞来。

刘应琼一眼看见洞里的孩子，孩子们哭着喊"校长"。她高兴得大声应着："乖孩子……"她张开双臂，迎接着一个个劫后余生的孩子从洞里爬出来。

一个个地数着，爬出来了43个，还缺11个呢。她要钻进去救他们出来，一个满身尘土的老者拦住了她，难过地说："我刚才进去一个一个地摸了，都没气息了……"这个老者姓蒋，是乡政府的退休干部。听了这话，她心痛难忍，被人扶到操场上。

而在陈家坝学校的操场上，仍然是危机四伏。

操场的一面是被山石填满越流越急的大河，一面是仍在接连崩塌的大山，滚滚的泥石流裹挟着巨石轰鸣而下，校园的地上硬生生裂开了一处处大口子。在墙外不远处，大火吞噬了相邻的一家饭店和一间榨油作坊，火势蔓延，在风中毕剥作响，大爆炸随时有可能发生。

必须再行转移。

13日上午7点，刘应琼和王文翠等老师带着幸存下来的"种子"，从操场出发，决定转移到1公里外的医院驻地。医院没了，那里有一片高地。可要到达那里，需穿过一条街道，地震引燃的大火烧红了街上的许多房屋，余震里墙体接连不断的倒塌声，腾着烟尘轰鸣，整个街道变成了一条死亡巷道。

他们护着孩子，一遍遍地在心里默念，千万别伤着孩子。提心吊胆地到了目的地，可医院也不安全。他们甚至有些懊恼，无奈只得待在医院外面的一片麦地里，麦地里全是积水。突然一阵剧烈的眩晕，刘应琼一头倒在地上，她的头不流血了，伤口被泥水糊着，变得淤青。

有个老师扶住她，大声喊着："谁那里有药？"

刘应琼校长

另一个老师闻声拿着一瓶矿泉水过来，这是他们在转移的时候，从街上捡来的。谁都没有药品，这位老师想用水给她清理一下伤口。可刘应琼拒绝了，她是舍不得这瓶宝贵的水。

她头很疼，双手使劲地掐着太阳穴。慢慢地，她又开始恶心了，然后忍不住呕吐起来。她想闭上眼睛，可眼睛上的伤火辣辣地刺痛，怎么也闭不上，更令她惊恐的是刚刚经历的生死劫难场景不断在她眼前闪现。

地震时刘应琼正在给初一(3)班上课，当教学楼像柳条一样晃荡起来时，她大叫着："快趴下！"可根本趴不住，有个叫杨凯的学生被荡起来，眼看着就要撞到柱子上了，她不顾一切地冲过去，飞出了足有两米，一把把杨凯推开。

刘应琼的头重重撞到柱子上，身子又被弹回到教室外面的栏杆上。她强忍着锥心的疼痛，奋力大喊着："快跑！"

……

其实，陈家坝中学的教学楼地震时并没倒塌，她和她的班全跑出来了。可是，借乡里会议室上课的初二(4)班学生都被压在废墟里。原来，地震前学校刚拆了一幢危房，教室不够用，经过协调，学校借用了乡政府的二楼会议室。这个会议室平时一直好好的，乡镇里的大小会议，都在这里召开。

可这栋平常大家认为肯定没问题的楼房就偏偏倒塌了。想到这里，刘应琼就深感愧疚，想起那些遇难的师生，她更是深深地自责。为什么非要借用那个会议室，哪怕搭建个篷子当教室……那些遇难的孩子们，开心地笑着，叫着他们最喜欢的"刘妈妈"，扑进她的怀抱里……她不敢再想这一切了，摇摇晃晃站起来。

不一会儿，乡政府派人送来了救命的药，"药来了！"很多伤员一下有了精神。

刘应琼清楚地记得，那是18粒去痛片，还有几粒止血片。地震同样震塌了医院，这些药片实属来之不易。刘应琼吩咐老师用那瓶捡来的矿泉水，轮流给受了伤的学生服药，一人一瓶盖水，而她和那些同样受伤的老师，没有一个吃上一粒。

她把剩下的几粒药片，仔细地包好了，揣在身上。天黑下来，雨还在下，有些家长也汇集过来。他们把从废墟里捡到的碎塑料布给受伤的学生顶在头上，就这样挨了一夜。这一夜，没有哭泣。

刘应琼也会说"假话"。她善意地骗孩子们说，明天早上就会有飞机来救我们，给我们空投大把大把的好吃的，还有好多好多的药品……

这一夜她根本没睡，她的头一直在疼，她的心一直在滴血。

4　1000颗"种子"

13日一早，刘应琼带领学生从滞留一夜的麦地再次出发，和同样率领陈家坝小学转移来的丈夫何应龙在双涎会合了，他们的人马合起来超过了1000人，这是1000颗必须全力保护好的"种子"。夫妻见面，丈夫对她说的第一句话是"岳母去了"。刘应琼低下头，心底长长地、重重地叫了声："妈！"

地震发生的时候，丈夫所在的小学伤亡并不严重，他记挂着妻子，慌慌张张地跑过来找她。看着满身血污的妻子，他关切地问："你没事吧？"那个时候，她哪顾得上自己，冲着丈夫就吼："别管我，快去救人！"

在双涎，乡政府临时指挥部给他们送来了一些饼干，并要求他们一刻也不得耽误，马上再行转移。

他们这才知道，自己的处境十分严峻，在双涎的上游，严重堵塞的河道，已经形成一个堰塞湖，无异于悬在他们头顶上的一颗炸弹。

而在他们的前方，有座叫桂溪的大桥已成为危桥，如果大桥垮塌，就会掐断他们的前路，他们会随时被闷进这段山谷的"葫芦"里。

别无选择，转移，必须与时间赛跑。唯一生还的希望只剩下一条路，那就是抢在洪水到来和大桥断裂之前，跨越桂溪！

情势十万火急！13日上午10时，还没来得及休整，这支大多是10多岁孩子的队伍，在老师带领下，开始了一场与死神的时间角逐。

从双涎到桂溪，途经太洪、哑口，全长23公里，几乎每一步都是堡垒，每一秒都维系着生死。23公里，一道"死亡峡谷"。

在群山环抱的大山脚下，这群艰难移动着的影子，只有一个信念：跨过桂溪大桥。

他们手拉手，相互搀扶着往前移动。大雨中生满青苔的山路十分湿滑，高处的滚石时不时轰隆隆滚落下来，一处处倾泻而下的泥石流，咆哮翻腾着，吐着厚厚黏稠的舌涎，似乎要贪婪地吞噬他们，整个山谷轰鸣着，犹如万马奔腾。有人脚下一滑，跌落在泥石流里，拉上来就变成了黄澄澄的泥人。山路在身前身后突然坍塌，裂出一道道狰狞的大口子。

刘应琼捡了一双棉拖鞋换上，赶紧把脚上的高跟鞋扔了，觉得利落了许多。

有两辆军车开过来。"解放军叔叔来救我们了！"队伍停下来，孩子们有些吃惊，都定定地看着。

刘应琼激动地迎上去，可一问，原来是赶往另一处灾区迷了路的军人。这里同样需要救援，可敬的军人们二话没说，就把伤员和小孩子带上了车。刘应琼连连表示感激，看着这些能脱险的孩子，她心里才稍微宽慰了些。

终于到了哑口，很多孩子身体出现了不良反应，虚脱、乏力、呕吐。可

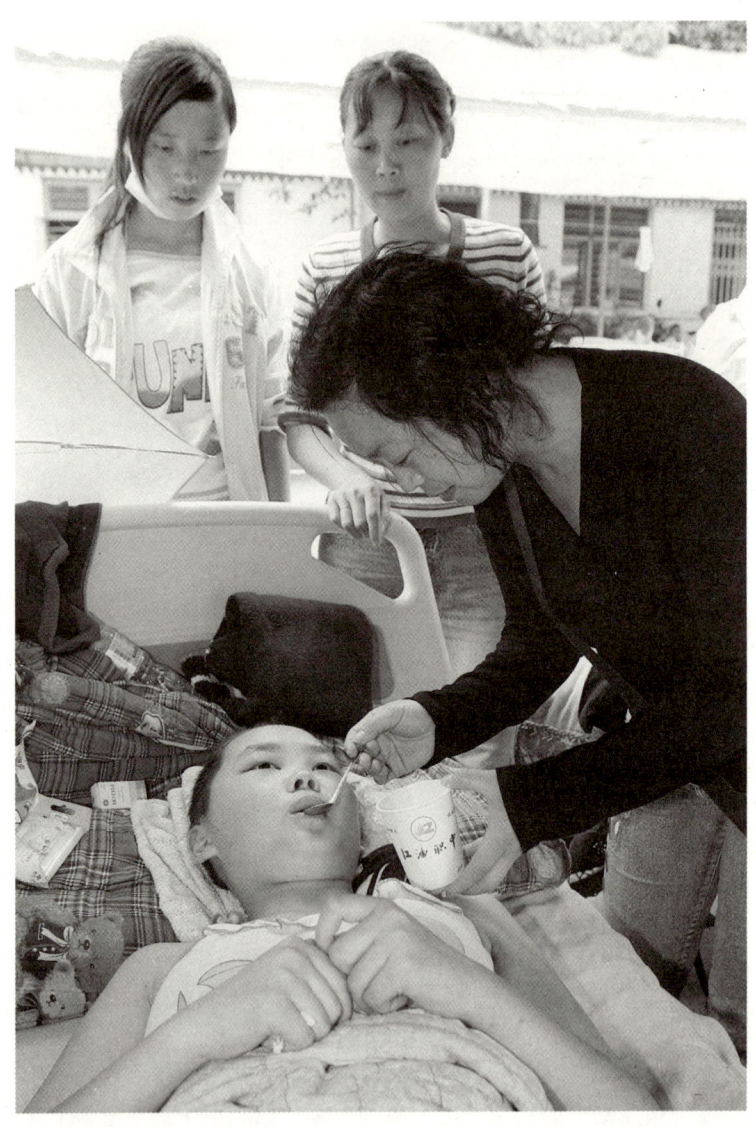

在江油医院，教师在照顾受伤学生

在这荒山野岭里,确实无计可施,她让人捡拾那些挂在荆棘枝条上的塑料袋,套在那些头部受伤的孩子头上,以免被雨水淋着感染。她打开一瓶矿泉水让孩子们喝,每人喝两瓶盖。

加油!加油!他们相互鼓励着。刘应琼又开始说"假话"了。她说,过了桂溪大桥,有冰镇的矿泉水喝,还有好多好多好吃的……

桂溪终于近了,有人开始欢呼起来,刘应琼背上的孩子急着挣脱下来,脚一沾地就跑到了桥头。

终于抢在死神前面冲过了桂溪大桥!

在桂溪加油站,路边有一辆车在换轮胎,刘应琼走上前去,请求道:"师傅,等您的车修好了,能拉上我们一个老师去绵阳报信吗?这些孩子好不容易从死里逃出来,现在就靠您了……"

她呜呜地哭了。人家望着满身伤痕的她感动地说:"您放心,我就是拼了命也要把信送出去。"

车修好了,人家说:"您跟我们的车走吧。"她说:"我是校长!不能走!"

这个人叫海风,是绵阳教育电视台的记者。这个叫海风的记者,还特意拿出摄像机,让刘应琼对着镜头,介绍了陈家坝受灾的基本情况。然后这辆承载着特殊使命的汽车呼啸而去。

她继续站在路上拦车,不管什么车,拦下来就塞几个上去。她喊着,多塞,多塞。因为谁都明白,上了车就意味着真正的生还。这1000多人得拦多少辆车呀,她记不得了。

下午6点多,所有的人都上了车,带着重生的希望走了。桂溪只剩下了她和丈夫,以及另外两个人。

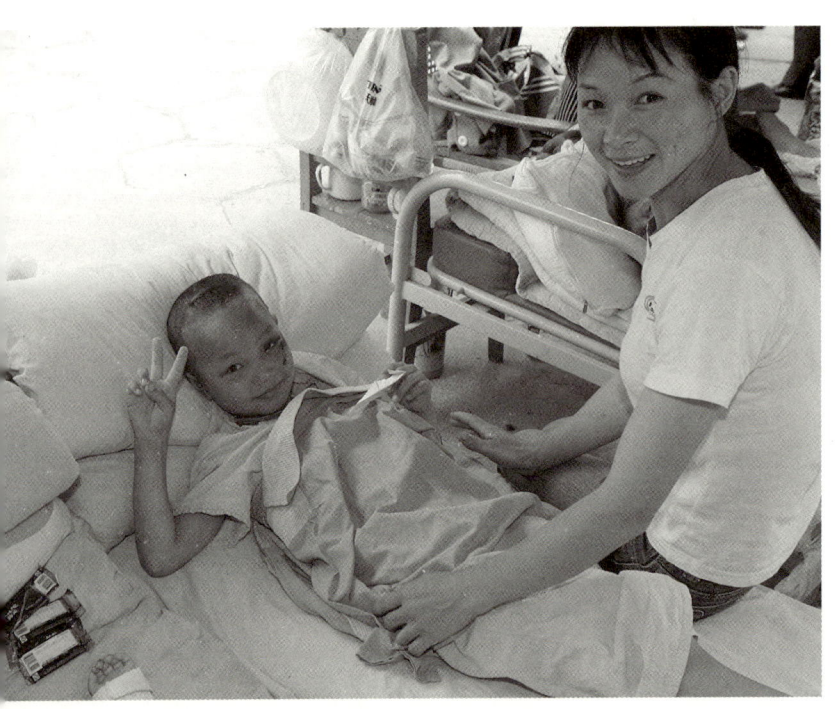

江油医院，坚强的笑脸

她一屁股坐下来,坐在一坨烂棉絮上。当浑身骤然卸下千钧压力之后,她支持不住了,浑身痛彻入骨,甚至都不能小解了。

天慢慢地黑下来,眼见着不会有车子过来了。几个人劝她说:"走吧!"

她说:"我走不动了,我再也不走了。"

她悄悄叫过丈夫,对他说:"我可能要死了,那天,在救援现场吼你,对不住你了。"

丈夫低声地说:"就是背我也要把你背出去。"

绝处也有逢生的时候。夜里,有一辆面包车开过来,打开车门,有一个人竟是她的学生,原来是她的学生带人上来救他们了。几个人欣喜地上了车,车把他们拉到了江油。当她和部分老师会合,听说有两辆车把学生拉去了绵阳,她的心又揪起来,不由分说打车去了绵阳。出租车师傅一听说这情况,没要她一分钱——那时,她的口袋里其实只有3毛钱。

她焦急地找到了绵阳市政府,赶紧汇报情况。

可她突然失声了,于是她写满了两张纸,歪歪扭扭,错字连篇。一个轻度昏迷的人,靠意志在支撑的人,紧紧地握住那支笔……

刘应琼再也站不住了,她被送进华西医院抢救。当她醒过来后,跳下病床,不顾劝阻,又急着赶往西南财大的天府分院,去组织几处师生的总会师了。

轻轻地捧着你的脸

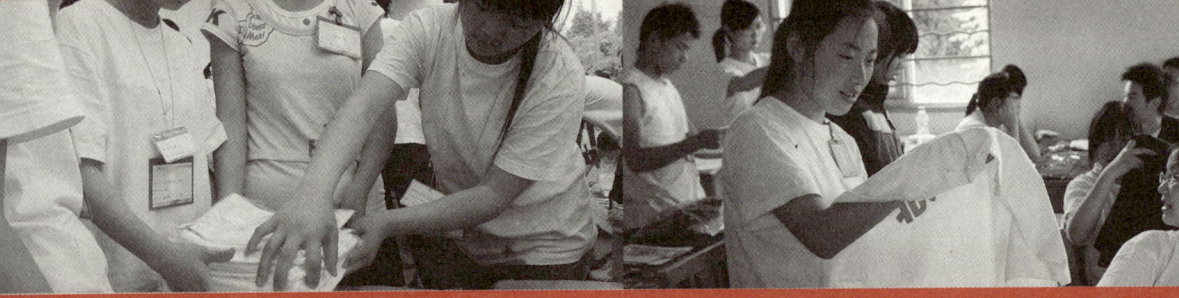

为你把眼泪擦干

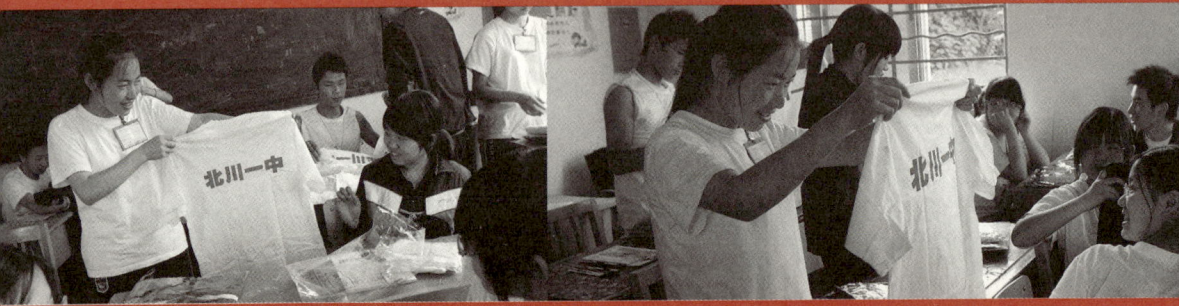

深深地凝望你的眼

告诉我,你不再孤单

……

第四章 不屈的脊梁

杨老师吹响号角

1   复课"集结号"

5月14日。绵阳九洲体育馆。

从重灾区转移出来的群众安置在这里。两万多人把这个体育馆挤得满满当当,二楼的廊道上都铺满了铺盖,体育馆外的空地上也搭起许多临时帐篷。

北川中学的孩子们也在体育馆安顿下来。一起转移过来的李永老师里里外外寻了一圈,发现学校的孩子东一群、西一伙,全被分散了。

这不是办法,得找领导去,李永心想。

刚好这时绵阳市的领导来体育馆指挥安置工作。李永在熙熙攘攘的灾民中挤来挤去,踮起脚,看到了市委书记谭力,便急急地喊住他。

谭力停下来,问:"你是哪个?"

李永说:"我是北川中学的老师。"

"什么事?"

"现在学生太分散了,要统一管理才好。"

九洲体育馆

谭力一听，连说："这个建议好！"接着转身去落实了。

很快，北川中学的学生集中起来了，有1200多人。长虹集团了解了这一情况，当即决定接收安置这些学生，免费提供衣食住行等生活用品。

转移到长虹后，许多学生对地震、余震心存恐慌，人员混杂，秩序不好维持。刘亚春和张定文、马青平等几位校领导商量，要稳定人心，就要尽快复课。

于是他们主动向教育局和长虹提出：复课！

东汽中学也不约而同地想到了复课。

5月15日一大早，在东汽中学那棵没倒的香樟树下，周德祥对德阳市教育局毛君甫局长说："我要复课！"

毛君甫的心被重重震了一下。周德祥平静地看着局长，又重复了一遍："我要复课！"

位于汉旺镇的东汽中学，是这次大地震的极重灾区。他们青山绿水环抱的校园除了这棵香樟树，一切都变了模样。教学楼倒了，废墟里满是书本、文具盒和散落的笔，几个铁皮制作的电视柜，扭曲成了麻花形状，在一面黑板的残骸上，尚能依稀辨认出一些字迹"喜迎奥运……"尽管再过不到100天，圣火就将熊熊燃烧了，然而那些师生没能盼到奥运。

毛君甫无法拒绝周德祥的请求。他知道周校长想通过复课证明，"东中人"有一副硬骨头，"东中"是震不垮的！

东汽中学成为震后德阳市复课最早的学校。在借用的德阳三中复课现场，孩子们郑重地升国旗，他们很多人身上仍然穿着地震发生时的那件衣服，上面还满是泥土甚至血迹，然而当国歌响起时，聚集在徐徐升起的国旗下，他们尽管克制着，还是禁不住流下了热泪。

校长周德祥(右)望着正在板房里上课的学生，投去期望的目光

北川中学复课

震后第七天,全国哀悼日,北川中学正式复课了。

当专门从废墟里找出来的"北川中学"校牌挂在长虹培训中心时,现场所有人都泣不成声。高三(1)班学生罗源说:"校牌在,学校就在!"

这一天,绵阳九洲体育馆能容纳600人的帐篷学校也开学了。从第一堂课开始,许多家长就在帐篷外看着孩子们在老师带领下一起唱着《小螺号》、《让我们荡起双桨》等歌曲。

擂鼓小学一年级学生李昌霖的父亲说,他们家的房子在地震中全毁了,一家4口住在体育馆内。这次复学让他很欣慰:"我们转到这里一星期了,孩子们每天没有事情做,我就盼他能早点上学。"

北川中学复课之后的第四天,孩子们正在长虹培训中心临时教学点里上课,他们见过两次面的总理爷爷又来看他们了,孩子们亲切地叫着:"温爷爷好!"

跟前两次来北川中学相比,温总理表情轻松了很多。他一边亲切地和孩

地震灾区帐篷学校开学了！5月19日，在地震灾区绵阳市举行了九州帐篷学校开学仪式。升旗仪式后降半旗，悼念在地震中失去的亲人。

5月19日,在地震灾区绵阳市举行了九州帐篷学校开学仪式。学校为学生配发了教材和学习用品。图为帐篷学校教师贾彦瑞在黑板上书写标语。

子们打着招呼,一边客气地对正在高三(1)班上课的宋代勇老师说:"我可以占用你一点时间吗?"

温总理对孩子们说:"昂起倔强的头颅,挺起不屈的脊梁,燃起那颗炽热的心,向前,向光明的未来前进!"然后拿起粉笔,在黑板上写下"多难兴邦"4个苍劲有力的大字。

"多难兴邦",很多人都把总理送给他们的4个字摹写在自己的本子上,也镌刻在心底。

东汽中学克服困难率先复课,毛君甫说自己受了一次很大的教育。本来德阳市决定8月1号再全面复课,他找到市里主要领导,硬是要求提前复课。于是,德阳市"一校一策"的复课方案正式出炉了。6月12日,德阳市全市

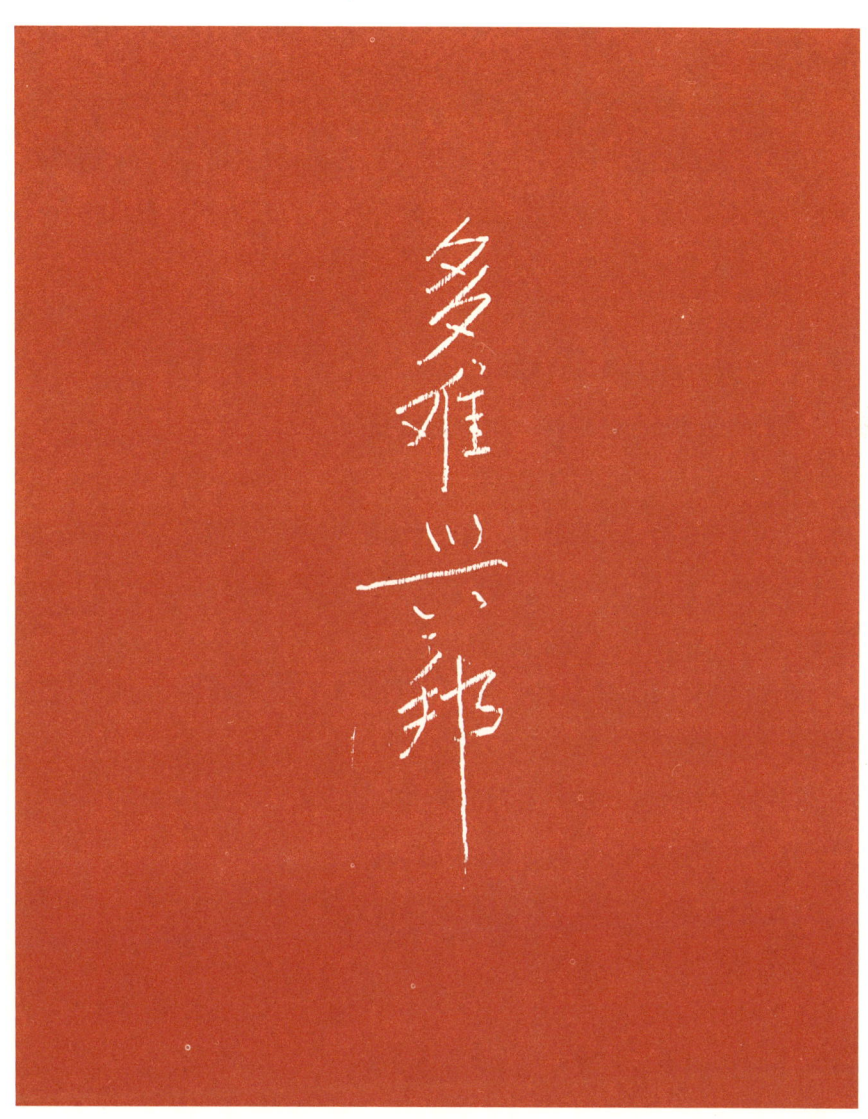

5月23日,温家宝总理在看望临时安置在四川绵阳长虹培训中心北川中学高三同学时,用粉笔在黑板上写下"多难兴邦"四个大字。

复课。

毛君甫说，校园垮了，人不能垮，精神不能垮，爱和责任不能垮！

学校正是通过复课这一特殊的形式，向全国人民展现灾区教育的精神，回报社会对灾区教育的关心，也给那些劫后余生的孩子一种坚定的信心。有学校在，人生的希望就在！

在德阳，复课让一处处别样的"学校"，在竹林中、树丛下、帐篷里诞生了，复课已成为德阳教育的头等大事。

绵阳市土门镇也有这样一所"树叶学校"。

几个老师在一片小树林里组织学生复课了。他们的学校很简陋，找几棵树，在树腰部位拴上几根绳子，编成一张简单的绳子网格，然后再在上面搭上塑料布，盖成一间教室。他们的学校没有招生限制，凡是来报名的统统接收。

不仅在德阳、绵阳，在整个四川，包括整个陕西、甘肃在内的受灾地区，都吹响了复课的"集结号"。

5月25日，阿坝、绵阳、德阳等6个市（州）重灾区已经有1553所学校、135.47万中小学生复课，复课率达到41.9%。

5月26日，教育部发出紧急通知，各地在确保安全的前提下，要积极创造条件帮助灾区学生恢复上课。

5月31日，陕西省宁强县广坪镇金山寺村帐篷学校。胡锦涛总书记拿起粉笔，一笔一画地在小黑板上写下16个大字："一方有难，八方支援；自力更生，艰苦奋斗。"然后，又领着孩子们一起大声朗读。

中国是个大家庭，全国各地都向灾区热情地伸出援手，倾情帮助灾区异

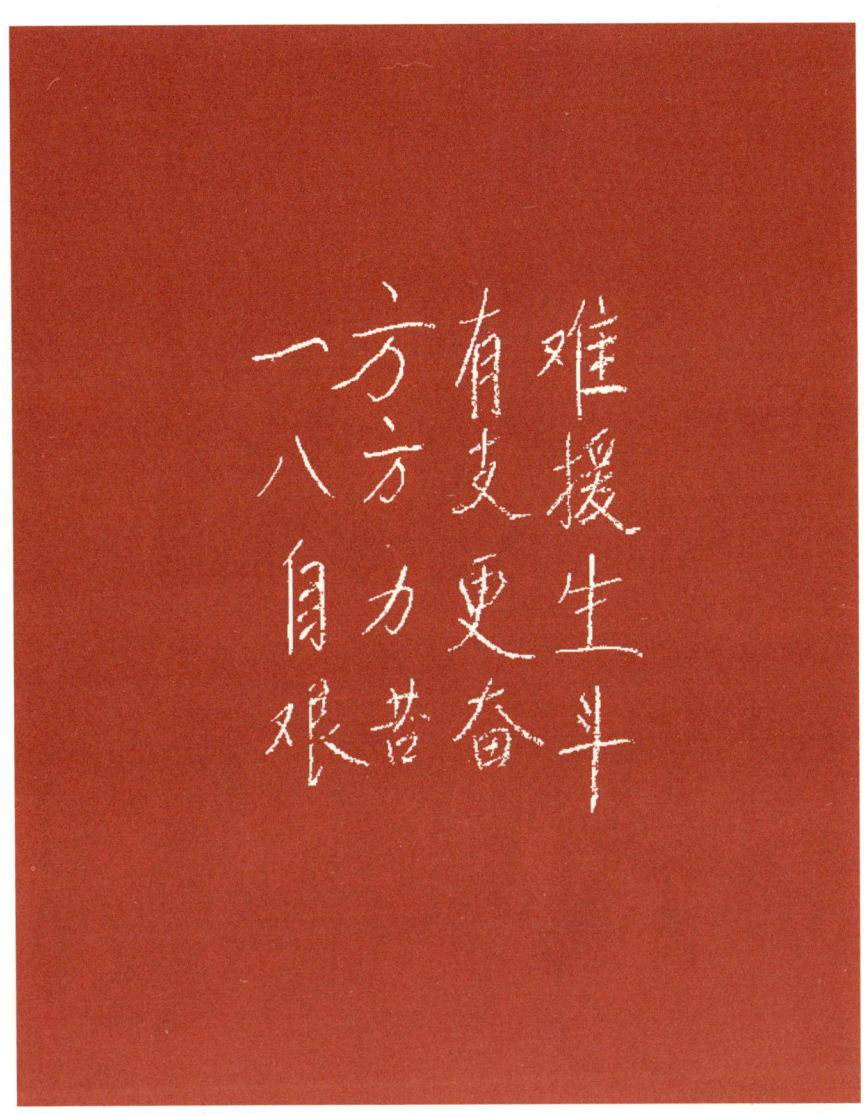

5月31日，陕西省宁强县广坪镇金山寺村帐篷学校。胡锦涛总书记拿起粉笔，一笔一画地在小黑板上写下16个大字："一方有难，八方支援；自力更生，艰苦奋斗。"然后，又领着孩子们一起大声朗读。

宁强一中教师为复课做准备（上）
绵竹中学师生为复课做准备（下）

地复课。在北京、在上海、在济南……每一座城市的每一张面孔都透着亲切。整个中国，这个家，那个家，都变成了灾区孩子们的家。

一切为了灾区的孩子！

一些无法在当地复课的孩子，便到异地复学。许多载着灾区孩子的专列，从一进站台，就被一股浓烈的亲情和温暖所包围。

四川省51个重灾县中共有近2万名中小学生在异地复课。

仅仅在济南，济南市教育系统就接纳了来自北川县擂鼓镇共两批1500多名学生异地复课。

他们不仅给孩子们添置了新衣服，买了生活用品，而且还派最好的老师给他们上课。

济南市教育局提出"让快乐洗去梦魇"，针对安置学生提出了"八大关怀"，还特意聘请了川籍厨师，为孩子专做喜欢吃的川菜。

他们加强对灾区师生的心理疏导和思想工作，有针对性地进行教育和疏导，帮助他们从灾害的阴影中尽快走出来。

到异地复课结束，很多灾区来的孩子，已经喜欢上了异地的学校。

2　"我们在一起"

地震后,很多人都担心刘亚春承受不了。他去北京参加抗震救灾英模事迹报告团,有关领导悄悄安排了心理干预专家坐在他身边聊天,刘亚春笑着说:"你看我有心理问题吗?"

同样的事也在周德祥身上发生过,有一次一个心理咨询师找到他,周德祥说:"要垮我早垮了,谢谢你的好意。"

周德祥曾经说,当校长的不能垮,要是垮了,可就无论是死的活的,都对不住了。

当校长的,他们没时间垮。灾后重建的各种复杂事务,填满了他们的脑袋。

救人要救心。那些从地震死里逃生的师生,确实还是需要及时的心理援助。

心理学研究认为,在重大灾难降临之后,有70%的人可能会不依靠外在力量,自己把心理调适过来。而另外的30%如果得不到及时的心理辅导,有可能在几个月后、20年后甚至30年后产生心理问题,导致严重后果。

那时，全国范围内流行几句话："一点很小的爱心，乘以13亿，都会变成爱的海洋；一个很大的困难，除以13亿，都会变得微不足道。"

还有一句话更简短，也更响亮有力："我们在一起。"

5月14日，龙居小学搜救结束后，谢洪安校长就把心理重建列入了日程。

在废墟外的校门口，他召集这些刚刚经历了巨大悲痛的老师们，踩着连绵不绝的余震，站着开了20分钟的会。

谢洪安布置了三个任务：安抚死者家属；想方设法探望住在附近医院的伤员；安抚心灵受到很大创伤的学生，想办法联系所有能联系上的学生家长，轮流去安抚慰问。

地震后仅仅8天，龙居小学老师们就走访完了每个遇难和受伤学生家庭。他们当中有不少失去亲人的老师，压抑着内心的悲痛，在强作笑颜安抚别人的时候，他们也在安抚着自己，一颗颗同样流血的心贴在了一起。

5月17日，教育部火速派出心理咨询专家组，带着几十位志愿者老师，赶赴极重灾区。他们的任务就是，让灾区师生的心灵有所依靠。

两天后，绵阳九洲帐篷学校。学生分成许多小组，每个小组的10多个成员围成一圈。因为是来自不同的学校，这些学生还互相不认识，于是轮流站起来介绍自己叫什么名字。志愿者领着其他小组成员，一起对他高喊："某某某，你好！"介绍完毕，学生之间又开始倾诉他们此刻最想说的话。

有的孩子站起来时已经泣不成声，志愿者教师便上前搂住他，在他耳边低声劝慰。

心理辅导课快结束时，小组的成员手拉着手，高举起来，喊道："我们永远在一起！"稚嫩的声音汇在一起，一样有着钢铁般的穿透力，穿过白色的

学生在心理干预老师的指导下做游戏

学生在心理干预老师的指导下做游戏(上)
临时安置点志愿者(下)

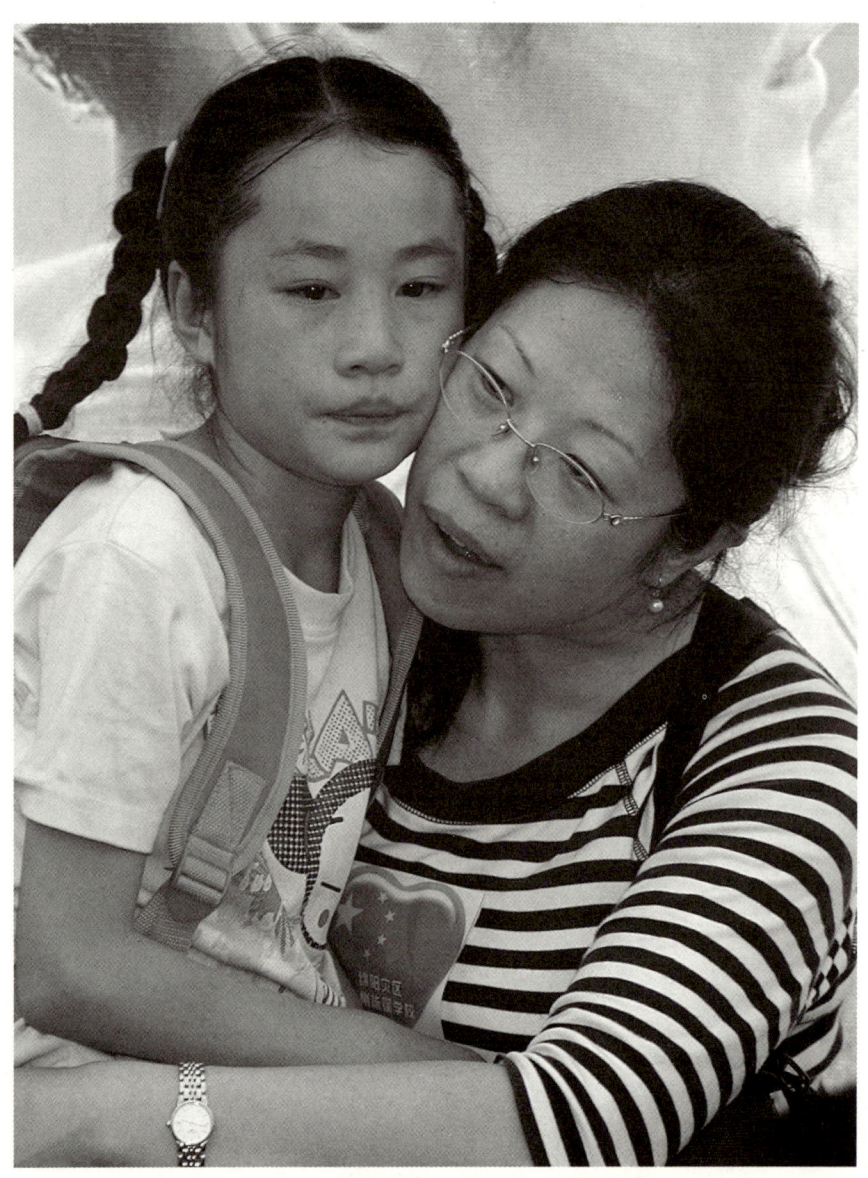

5月19日，在地震灾区绵阳市举行了九州帐篷学校开学仪式。学校为学生配发了教材和学习用品，从全国各地赶来的青少年心理专家来到学校，带领学生开展灾后青少年心理矫正活动。北京大学心理咨询中心主任方新在给小学生进行心理辅导。

帐篷，在九洲体育馆外飞扬。

心理志愿者陆续到来。

震后不久，湖南省长沙一所学校负责人陈明明与长沙共青团志愿者一道，在什邡红白镇建起了临时帐篷学校。

一天，一位母亲领着一个8岁的孩子找到他们。那个孩子只是低着头，身子不断地发抖，紧紧地挤在母亲身边，生怕谁把他拉走似的。可能是为了缓解紧张，嘴里还不断地说着什么。

这孩子叫培培。陈明明鼻子一酸，便把他搂过来，轻轻地拍着他的背。孩子不断地说，地震时他被人从废墟里救到操场上，身旁都是死去的同学，自那以后，天黑就害怕，不敢一人出门……陈明明就不断地跟他交流，问他的班级，问他有什么要说出来的话。

慢慢地，孩子不再发抖了，陈明明就跟他聊遇难同学生前的故事，讲他们在一起愉快的经历，跟他说："闭上眼睛感觉一下，如果在你前面不远的天空中浮现同学们的脸，他们一个一个会对你说些什么呢？你又会怎么回答他们呢？"

培培闭上眼睛，过了一会儿，他睁开眼，说，看到同学了，同学在那边都开始读书了。因为他们还小，不能做其他事情。我也要在这边好好活下去。

第二天，培培早早地来到帐篷学校，和其他孩子一起唱歌，做游戏。

第三天，他不叫她"陈老师"了，改叫"陈妈妈"。

一星期过去，培培用笔画下心愿：一棵树上结满了金币。他说，他要用这些金币，去盖好多好多的新学校。

再过几天就是六一了，中央电视台《对话》栏目到北川中学录制特别节

5月19日，在地震灾区绵阳市举行了九州帐篷学校开学仪式。学校为学生配发了教材和学习用品。领到新书包的小学生想起被地震震毁的学校不禁失声痛哭。

目。十几个孩子手牵手，穿着贴有卡通笑脸的白色衬衣，一起唱起了《隐形的翅膀》——

每一次
都在徘徊孤单中坚强
每一次
就算很受伤也不闪泪光
我知道

德阳什邡方亭板房小学学生用画笔表达自己祝福奥运的心情。

我一直有双隐形的翅膀

带我飞

飞过绝望

唱着唱着,久违的笑容渐渐地在孩子们脸上融开。前来参加节目的心理援助人员感动得眼泪直往下掉。

那天以后,刘亚春把自己的手机铃声改成了《隐形的翅膀》。

3 浴火凤凰

一到6月，天气一天比一天热起来。

帐篷没法待了。太阳直直地射下来，还没到正午，帐篷内的温度就高达40多度，连大人们一钻进去都热得直往外退，更别提几十个孩子挤在里面。

崇州市怀远中学校长高列开始头疼：震后他们用彩条布搭了个长30米、宽10米的大帐篷。没水没电，闷热难耐，现在也不能住人了。

这时离灾区9月1日全面开学已不到100天。为帮助灾区渡过难关，中央制定恢复重建对口支援方案，提出"一省帮一重灾县"，这样的对口省份有18个。对口支援崇州的是河北省。

石家庄一建运来75套活动板房和900套课桌椅。当拉着材料的大卡车驶到离学校一公里远的时候，再也没法往前开了。

学校是在清末的一个书院的基础上建造的，深深地藏在一个小巷里。小巷宽不过10米，两边全是小摊小店，就是骑自行车走在里面，也觉得逼仄。

德阳什邡方亭板房小学学生兴高采烈地参加开学典礼。

向来果断的高列一咬牙,说:"就是扛也要扛进来!"

全校一共40多位老师,再加上家属,二话不说,就借来板车,将板房材料从大卡车上挪过来,前拉后推,一点点运到学校。

不一会儿,附近百姓也加入了搬运大军。这是一支浩浩荡荡的队伍,从学校一直延伸到一公里外的路口。

一天下来,这些老师愣是把20吨物资搬进学校。

有一位叫林华的老师,做胆囊切除手术不到两星期,就加入重建大军,一天也没有歇过。

焦江方是教育部派往灾区对口支援的22名干部中的一位。他被派到了崇州。怀远中学板房建起来了，集贤中学板房建起来了……他目睹了这一切，都记入了他的《崇州日记》。他在一篇题为"与余震赛跑"的日记里写下自己的感受："余震里，我们没有停下灾后恢复重建的步伐。我们要与余震赛跑，迎着困难，勇往直前。"

灾难，无论是救援，还是重建，都是一场大考，考验着每一个教师。教师们用默默的举动作出了回答。

在绵阳复课不久，刘亚春宣布了一个重大决定，凡是北川中学的孩子，从今年开学算起，一直到毕业，所有费用由学校承担。

可至今北川中学实际接收的各界捐赠只有530万元，他说："再难我也得办！"

对记者说完了这句话，这个曾经因地震一夜白了鬓角的校长，重重叹了口气。

他想派40多名教师，对遇难、受伤学生逐一走访。可地震后的整个北川县境，尤其是原来深藏大山里的一些农户，要逐一拜访那真的是"难于上青天"了。

刘亚春开了个会。会上他对大家说："大家自愿报名吧。"结果所有老师，甚至是还有伤在身的，都站出来要求去。

刘亚春说，就凭有这样的老师，北川中学就有希望！

他很欣慰。

为这样的教师而倍感欣慰的还有东汽中学的周德祥。

他说，"东中"有两个人不能不提，一个叫刘顺模，一个叫江跃进。

侥幸活下来的刘顺模老师，从废墟里钻出来，一声不吭地与众人一起参

北川中学学生

北川中学复课了！5月19日，在地震中毁灭的北川中学在绵阳市举行了复课开学仪式。学校为学生配发了教材和学习、生活用品。图为学生展示领到的新校服。

与救援。

一个月后，同事们才知道他的妻子在地震中没了，他默默地叫上儿子，一起把妻子遗体抱到一辆架子车上，然后拉回老家安葬了。他从老家回来，又叫上儿子，赶着去德阳市体育馆灾民安置点忙活。他一直没有声张过，学校工会主席唐祖贵心疼地责备他，为什么不说一声？刘顺模回答得很质朴："人不在了，说了又有啥用呢？"

35岁的江跃进老师，现在有了个新称呼"江队长"。

学校救援结束后，他脸都没洗，衣服也没换，骑着车飞驰赶回汉旺老家，张罗组织起一支村里的救援队。村里人都喊他"江队长"。他的事迹被媒体发现后要采访报道,"江队长"客气地拒绝了,理由很简单:"我不是为了出名,这是我应该做的。"

龙居小学是地震的极重灾区,很多老师亲人没了,房子没了,财产也没了,可到今天为止,他们接收的救助物资,仅仅是每人一包方便面!

谢洪安对老师们说,咱学校食堂的废墟下还有大米和菜油,刨出来就能凑合着过,相比那些没米没油比我们更困难的,我们是条件好的。

同样付出了巨大牺牲,却没有一个讲困难、提要求,仍然忙碌着复课和重建的,还有东汽中学的那些老师们。

5月19日,震后一周,东汽中学的高三学生正式在德阳三中搭起的帐篷中复课;

5月28日,位于德阳郊区的东汽中学板房学校开始搭建;

抗震棚中书声琅琅
6月6日,在陕西省遭受地震灾害的汉中市略阳县体育场,受灾群众搭建的临时帐篷内传出一阵琅琅的读书声。寻声看去,在一座帐篷内,一位小学生正在全神贯注地朗读课文。她是略阳东关小学五年级(4)班学生刘璐芳小朋友,学校因地震提前放假,为了不耽误学习,她抓紧时间复习功课,为灾后复课做准备。

东汽中学板房学校

6月9日,高中三个年级与初三学生在板房中复课。

教育部部长周济曾托人问周德祥校长有什么困难,而他的回答是:"东中人"眼里没困难。

正是这样的回答,感动着很多人。党和政府也始终牵挂着受灾教师的工作和生活。5月28日到30日,国务委员刘延东来到彭州、都江堰、汶川等地,深入中小学,考察教育系统抗震救灾和恢复重建工作,亲切慰问受灾教师。

永久性校舍也到了紧张的规划阶段。教育部等3部委重新修订并将联合发布《农村普通中小学校建设标准》。周济说,要把学校建成最坚固和最安全的地方。

师资建设也紧锣密鼓地进行。农村教师特岗计划,为四川、陕西、甘肃灾区县招聘特岗教师2064名,绝大多数特岗教师已于7月下旬走上灾区教学岗位。

中央加大财政支持力度。中央财政从"地震灾后恢复重建基金"中预拨23.2亿元,用于补助四川、甘肃、陕西3省51个极重灾县和重灾县的中小学校维修加固校舍以及教学仪器设备重置。

6月12日,超过73%的灾区学校恢复上课。

8月12日,93%的灾区学校恢复上课。

刘亚春开始忙着作开学打算了。

他谋划了个"五件事计划",一旦新学期开学就要实施。

一是军训,进行抗震救灾教育。二是衔接教育,一些学生在地震后耽误了学业,学校将集中精干力量补一下课。三是秋季开学后将创办"特殊教育班",对那些因失去亲人而精神受挫,心理还存留着严重阴影的孩子,进行辅导。四是挖掘"北川文化",结合羌歌、羌舞等校本课程的开发,让今后的学生一代代永远牢记他们的家乡北川。五是探索素质教育的高效课堂模式。刘亚春说,我想请《中国教师报》帮忙,把山东杜郎口中学和昌乐二中的课改经验引进北川。

……

9月1日,秋季开学的日子,100%的灾区学校开学上课,离地震过去只有110天。

凤凰涅槃,浴火重生。灾区教育坚强地站起来了,废墟上又屹立起400万张书桌。

这个"教育奇迹"的创造过程,记录着不屈的灾区教师感天动地的艰难付出。他们不仅重建着校舍,也以自己巨大的牺牲,重建着一个民族教育的希望!

4 中国教师，好样的

20多年前，刘亚春一个人背着铺盖卷，从安县来到北川，有了自己幸福的家庭；24年后的今天，地震夺去了妻儿的生命，刘亚春又成了孤身一人。

10万军队，驰援灾区；抗击震灾，众志成城。地震中，灾区百姓都更加明白一个道理：在特大地震灾害面前，党和政府筑起了一道保护人民生命财产的城墙，成为人民强有力的依靠。

地震让刘亚春更坚定了人生的信念，他从此找到了一个更大的家。

地震后，刘亚春申请入了党。他用这种最崇高的个人选择，表明重建北川中学的坚定决心。

地震之后许多教师选择了入党。

地震展现了不同的人性，让很多人改变了生活，也顿悟了人生。

北川县擂鼓镇政府想调用英雄教师李佳萍的爱人刘全，可刘全婉拒了，他说地震让他割舍不掉学校和学生。镇政府又通过刘亚春给他做工作，刘亚春说："组织照顾你，你受伤这么重，到政府去工作，可能对身体会好些！"

8月31日,四川德阳第六中学教师在搭建的板房办公室内进行备课。(上)

灾区部分学校搭建的板房教室紧张,为保证学生按时开学,东汽小学教师们就在露天备课、批改学生作业。(下)

但刘全还是留了下来。

　　羌族教师付秀银,曾经是刘亚春在初中时教过的学生,地震后县国税局缺人想调走他,但他说学校正是困难时期,我怎么会撇下那些孩子离开?他还对自己的同事说,校长受到的创伤远比他大,这个时候要是离开他、离开学校,那也太不仁不义了吧!"只要学校让我留下来,哪怕是扫地都成!"

　　因为工作需要,县里决定任命刘亚春担任北川县教体局副局长。

　　他问新校长是怎么安排的,领导说还没有想好。刘亚春当即表明态度,不去!

　　县委组织部、宣传部相继打电话劝说,可刘亚春不为所动。县委常委会只得重新研究,结果仍任命他担任教体局副局长,并兼任北川中学校长。刘亚春解释说,他与北川中学从生死里一同走过,那份感情真的再难割舍。

　　老师深深地影响了学生。

　　很多孩子也选择了入党,而且是火线入党。

　　仅一个德阳市,火线入党的学生就有几十人。

　　德阳市教育局曾经在灾后,特意为孩子们补办了一场隆重的入党仪式。教育工委副书记郑蕾回忆,那天唯有东汽中学的7名学生党员没按规定穿校服参加。因为他们的校服掩埋在废墟里了。当时她灵机一动,赶紧叫人在布条上写上"东汽中学"4个字,权当校徽别在学生胸前。看着这些稚气未脱的孩子一脸的坚毅,郑蕾感动得落泪了。

　　整个汶川大地震,我们无法统计有多少学生舍生忘死参与了救援,即便是被埋在废墟里,他们怀着对生的渴望,所表现出来的坚强乐观都足以让任何人动容。

　　德阳市教育局胡北副局长,曾经带地震英模报告团去上海。他带着感情

9月1日,在地震中受到严重损失的东汽小学在搭建的板房教室中如期开学。学生在兴高采烈地搬运课桌椅。(上)
8月31日,四川德阳什邡方亭板房小学返校的学生在编写迎接新学期的黑板报。(下)

对上海的同行说，中国的教育，有这样的老师，有这样的学生，无论什么灾难都摧不垮！中国教育是成功的！

教育部党组5月25日在下达的《关于向抗震救灾英雄教师学习的决定》里这样评价教师：

在生死关头，老师们舍生忘死，挺身而出，用自己的血肉之躯拼死保护学生的生命；

在危难时刻，老师们不顾个人安危，始终把学生的生命安全放在首位，义无反顾奋力抢救危难学生；

在困境中，广大教师强忍悲痛，坚守岗位，竭尽全力，顽强拼搏，历尽艰险，迅速组织受困学生安全转移，恢复正常教学。

……

这并非溢美之词，而是客观中肯的评价。

向这些可亲的教师致以崇高的敬意吧！

平时，在课堂上，他们会怀揣激情面带微笑，或是幽默，或是严谨，和学生畅游知识的海洋；在课外，他们会和学生打成一片，踏青路上，篮球场里，欢声笑语留下一片。

他们会细心地捡起操场上的一个小石头，生怕学生不小心崴了脚；他们也会因孩子们偶尔的过失，故意板起面孔严厉地批评。

他们只是普普通通的人，过着平凡的生活，有欢笑，也有泪水。

但他们都有一个共同的名字：人民教师。这个名字意味着，他们肩上多了份沉甸甸的爱与责任。这份爱与责任，在最关键的时刻绽放出夺目的光芒。

向这些可敬的教师深情地含泪鞠躬吧!

正是这些平凡的教师,在生死瞬间,大声喊"孩子们,快撤",用自己的血肉之躯,阻挡住死神的脚步,为孩子们筑下最后一道生命的屏障,完成一次次惊天动地的拯救,定格为一种种感天动地的壮举:谭千秋、张米亚、张家春、李佳萍、刘继军、罗晓明、张辉兵……他们成就了人民教师的永恒价值,矗立了一座巍峨的师魂丰碑。

向这些可赞的教师鼓起最热烈的掌声吧!

正是这些平凡的教师,关键时刻,在爱的天平上,他们毅然"舍小家,顾大家"。在痛失亲人的强烈悲痛中,他们始终坚守在抗震救灾第一线,没有半步退缩,也没有向隅而泣。他们中的许多人,从地震那一刻起就没有停止过脚步,至今还在为学校复课而夜以继日地奔走:刘亚春、谭国强、董雪峰、周德祥、付秀银、李开胜、康玉龙、孟明福、罗万福……他们是今天教育挺拔的脊梁。

向这些可爱的教师献上最美的鲜花吧!

或许,还有人心存疑虑,对教师有这样或那样的看法。那么,去灾区看看我们可爱的人民教师,尤其要看一看我们可爱的"新生代教师",他们中的代表人物,向倩、袁文婷、汤鸿、周汝兰、王敏、邓丽君……在传承人民教师优秀品质的同时,他们情感真实,人格独立,思维多元,热爱生活,求真尚美,他们是中国教育壮丽长河中泛起的一朵朵晶莹的浪花,他们用青春热血浇灌出最绚美的花朵。

这些可亲、可敬、可赞、可爱的人民教师,是教师精神、教师人格、教师个性的丰盈和升华,更是时代精神、高尚人格的凝聚和彰显。

他们代表的,是中国教师和中国教育的蓬勃走向。

中国教师,好样的!

9月1日,在地震中受到严重损失的东汽小学在搭建的板房教室中如期开学。图为学生课间在做游戏。

在四川绵阳长虹培训中心,北川中学的学生开心地打篮球。

9月1日,在地震中受到严重损失的东汽中学在搭建的板房教室中如期开学。全校师生举行升国旗仪式。

尾 声

9月1日，中小学开学的日子。

德阳。东汽中学的开学典礼上，谭千秋的妻子张关蓉老师站在一位女生面前，左手拉着她的手，右手为她理了理一缕散下来的头发。女孩脸上露出一丝羞腼的笑容。课间，东汽小学一位十来岁的小女孩鼓着腮帮，嘟起小嘴，在板房外面的阳光里吹着泡泡。

绵阳。在长虹培训中心复课的北川中学的孩子们一早就起来了，他们准备参加2008秋季开学典礼，同时还要迎接熟悉的温爷爷。

8点10分，温家宝总理第四次来到北川中学。3000余名师生热烈鼓掌。

温家宝深情地说，北川站立起来了，北川中学站立起来了，独立不惧、坚韧不拔，是靠自己的双腿站立起来的！

伴随着雄壮的国歌声，国旗冉冉升起。太阳渐渐爬上旗杆，暖暖地照在刘亚春和师生们的心坎上，校园里一片光明。

刘堂江

余冠仕

李炳亭

张泽科

创作与采访手记

1 为立师魂百丈碑

刘堂江

刘堂江,江西武宁人,1949年出生,现任教育部中国教育报刊社常务副社长、中国教师报总编辑(正司级)。系中国作家协会会员、中国教育学会常务理事、中国人才研究会常务理事、中国期刊协会常务理事、中国教育记者协会副主席。享受国务院特殊津贴,1998年评为全国百佳出版工作者。

2008年9月8日,教师节前两天。中国教育电视台记者问我:"参加大型报告文学《热血师魂》的创作,您感受最深的是什么?"我说:"从此,我才真正理解了什么叫'感天动地'……"

牵挂刘亚春

刘亚春校长,是我认识的四川抗震救灾英雄人物的第一位。

那是六月初,中宣部、中组部和解放军总政治部等单位组织抗震救灾英模事迹报告团。我作为教育系统专家组成员,参与了其中的工作。进入集训基地的第一件事就是听报告团成员试讲,主持人宣布:"下面请北川中学刘亚春校长发言。"只见一位身材不高、肤色黝黑的男同志,拖着沉重的步子走上讲台。他以低沉

红旗不倒的北川中学

的带着浓重川北味儿的普通话，念完了讲稿。听得出苦痛，听得出刚强，但客观地说，试讲效果不太理想。

工作人员都很着急，赶紧兵分两路，文字方面的帮助修改讲稿，播音方面的帮助指导演讲。刘亚春却似乎无动于衷，怎么都进入不了角色，脸上的肌肉绷得紧紧的，神情严肃，整个人仿佛被一道紧箍咒紧紧地箍着，三天没见过他露出一丝笑容。他不停地接打手机，布置学校的灾后复课、抚恤遇难学生家长等工作。

我们理解他。北川中学是这次地震的极重灾区，伤亡惨烈，而且他的妻子、儿子都遇难了，叫谁都很难一下子从这么沉重的灾难中解脱出来。更何况他是一校之长，在震后才20来天的非常时期，的确日理万机啊！

可在人民大会堂的报告会，6月11日就要举行，得争分夺秒。报告稿急需增加一些他与妻儿亲情的细节，他开始不想谈，显然是不愿意再刺激那颗滴血的心。经四川省教育厅的同志做工作，我终于拿着手机对他进行了第一次采访，我们的通话整整35分钟，当谈到他与妻儿的诀别时，电话那头，他泣不成声；电话这头，我泪流满面。

第四天下午，刘亚春和我们在一起讨论稿子。会后，为了让他松弛一下，大伙儿故意说了几句川味儿笑话，没想到，他居然咧嘴一笑。刘亚春终于笑了，我们大家也都会心地笑了。

刘亚春是个坚强的汉子，他在努力调整自己。

在中宣部、教育部有关领导的关心下，刘亚春的状态明显好转。后来，他作为教育战线的英模代表在大会堂作报告，获得了极大的成功。

活动即将结束前，我代表《中国教师报》宴请几位英模教师，刘亚春因为忙于报告彩排，未能出席。大会堂报告完毕，他匆匆离京赴有关省市作报告，我也匆匆回单位忙于抗震救灾的宣传报道，居然没见上一面就分别了，本约定要好好谈一次的，也没能实现。

我想给他打手机问候，但考虑到他在巡回报告，不便打扰，再说电话里也说不清，就搁下了。后来，《中国教育报》的一位记者到北川中学采访，刘亚春对她说："你方便把你们刘社长的手机号告诉我吗？我记不得他的号码了。"记者把电话号给了他，他肯定太忙了，也没有给我打过。

我一直都牵挂着他，妻子、儿子没有了，家也没有了，就剩下他孤身一人了，他的日子怎么过？学校重建工作千头万绪，他的身体是否能挺得住？

临"急"受命

8月6日，我们接到一项紧急的重要任务：赶写一篇大型报告文学，9月10日教师节，在《中国教育报》、《中国教师报》同时发表，并配发两报联合社论。

扳着指头一数，只有短短的一个月零四天，要写出一篇要求极高的大型报告文学，谈何容易。困难太多，压力太大了。首先，地震已经过去近三个月，抗震救灾宣传得相当充分了，谭千秋、张米亚这些英雄教师的名字已家喻户晓，他们的事迹也都耳熟能详，这个时候再写英雄教师，如何出新？其次，时间太紧，怎样深入采访？再说，还有两天，北京奥运会就要隆重开幕，新闻报道的重心已经转移，受众的兴奋点也就跟着转移了。我们创作组面临的形势，正应了李白老先生的那句名言："蜀道之难，难于上青天。"不少同志在心里为我们捏了一把汗，甚至有好心人说："也就您敢接这样的任务。"

是难，但再难也要干！在震魔降临的那一刻，有那么多教师舍生忘死保护学生，有那么多可歌可泣的英雄壮举，把这一幅人民教师群像的光辉画卷描绘出来，作为教育新闻工作者，是义不容辞的责任。所以，我和余冠仕、李炳亭、张泽科四个人，是怀着一种神圣的使命感来参加创作的。

绞尽脑汁

泰山压顶，食不甘味。

接受任务当天，我们几个人胡乱吃了点晚饭，便信步来到北京的小月河边，忽然一个同事问："你是要写新闻，还是要写历史？"大家顿觉眼前一亮，七嘴八舌，很快达成了共识——写历史，写人民教师抗震救灾的英雄史诗。这篇报告文学不同于抗震救灾初期快速反应的新闻报道，而应是全景式地描写人民教师在汶川大地震中的英勇事迹，具有长效性、深刻性、权威性和持久的艺术感染力。

我们攻克了第一个难关，明晰了作品性质和目标的定位。

接下来要解决的是素材挖掘和选择问题，经过思想碰撞，也达成一致，即以教育部、人事部表彰的英模教师和先进集体的英雄事迹为主体，适当选取普通教师在抗震救灾中的感人事迹，以使作品中的教师群像更加丰满。也就是说，老人物要深挖新素材，同时还要挖掘一批新人物。

在此基础上，我们迅速行动，一组飞四川灾区深入采访，一组留在北京搜集已有素材。赴一线采访的同志七日到成都，八日一早即直奔极重灾区，当晚连奥运会开幕式的实况转播都没看，整理素材一直到凌晨四点多。北京的同志也是挑灯夜战，通宵达旦。

当两组会师在成都一家宾馆的小房间里时，虽然只有一张凳子可坐一个人，两个人蜷在床上，另一位蹲在大茶几上，但大家的脑细胞异常活跃。

我们又拿下了第三座堡垒，即主题的开掘提炼。"通过对抗震救灾英模教师先进事迹的描写，讴歌英模教师英勇献身、顽强拼搏和自强不息的精神，从而展现新时期人民教师的精神风貌，弘扬伟大师魂，进一步揭示中国教师是好样的，教师是今天教育挺拔的脊梁。"这一段话在手提电脑上一出现，作品的主题就确立了。接着，作品的题目也定了：《热血师魂》。

第四个问题谋篇布局也迎刃而解。全文主体部分分为四章：第一章"凝固的雕像"，写灾难降临的那一刻，教师英勇无畏、以血肉之躯保护学生；第二章"生命大营救"，写震后教师舍弃一切、竭尽全力抢救被困学生；第三章"与'死神'赛跑"，写教师冒着危险、艰难跋涉，带领幸存学生安全转移；第四章"不屈的脊梁"，写教师积极投入灾后重建，顽强地从废墟中站立起来。这样一个框架结构，大致涵盖了教师抗震救灾的方方面面，基本上没有遗漏。至于"楔子"和"尾声"，那是为了增强作品的艺术感染力而设置的。

巧遇刘应琼

采访刘应琼，是刘亚春推荐的。

创作组第二次深入灾区补充素材，我和刘亚春终于在绵阳见面，阔别两个月，有如老友重逢。刘亚春忙极了，办公室里人来人往，一会儿接待遇难学生家长，一会儿与教务处商量秋

刘亚春徘徊在北川中学废墟

季开学,一会儿总务处又来了。他显然是超负荷工作,面带倦意,但精神状态很好,与六月在北京时相比,简直像换了个人儿。

等忙完了,刘亚春就坐下来接受我们采访。他谈兴很浓,竟然滔滔不绝讲了一个半小时。近中午一点了,刘亚春领着我们就往食堂走,说是要按中华文化的游戏规则请我们吃饭,可我们怎么忍心在灾区学校用餐呢?就说马上要赶往北川陈家坝采访,刘亚春双眼闪过一道机敏的光,他说陈家坝你们不用去了,陈家坝中学的刘校长就在绵阳,关于地震的事,她什么都知道,我打手机请她赶过来就是了。

刘应琼简直就是一股春风,人还没进门,热情甜美的笑声早已扑面而来。

她行云流水般给我们讲了两个多小时,讲惊心动魄的千名师生大转移的传奇故事。我们不仅为她和老师们的高尚师德深深感动,而且也为她绘声绘色的口才心悦诚服。面对着这样一位质朴、灵秀的农村中学女校长,你不能不肃然起敬。

当然,从此我们的心也就为她和她的同事们揪着。刘应琼和不少老师的房子都塌了,真是"上无片瓦,下无寸土"了,家园如何重建?有的遇难学生家长想不开,就把气撒在校长和老师们身上。有的老师自己亲人也遇难了,可他们只能把苦痛压在心里,将笑脸展现给学生,人已疲惫,心已憔悴……

到现在,这一切当地党委和政府也许都已经解决好了,但我们还有一样担心,那就是刘应琼的眼睛在地震中受伤了,当时只顾忙于学校复课、照顾学生等工作,草草治疗一下,现在看来明显有问题,如不认真诊治,说不定会有大麻烦,我们一定要动员她来北京好好治一治。

高列的房子裂了

高列校长,他的房子裂了,我说的是他家里的住房。

当崇州市教育局的领导和教育部派驻对口支援干部焦江方领着我们到怀远中学时,高校长已等在校园的废墟旁迎候。

他就像一位成竹在胸的解说员在现场为我们讲解。地震发

作者刘堂江和怀远中学校长高列

生时,他是怎么从二楼飞奔下来指挥救援的,老师们是怎么冒死抢救学生们的,英雄教师吴忠红是怎么牺牲的。当他讲到老师们怎么和志愿者一道,手拉肩扛,将数以吨计的救灾物资运回学校时,你的心灵不能不为之震撼。他还兴致勃勃地把我们领到灾后重建的新校址,指着那已奠基的工地说:"明年秋季开学就可以投入使用了!"说话时,眼神里充满了无限美好的憧憬。

最后,我们来到了他的家。他的家其实就在学校旁边,农村自建的那种房子。地震时,这所房子的玻璃窗全震碎了,墙

作者刘堂江（右三）、余冠仕（左二）、李炳亭（右一）在怀远中学

体也出现严重裂缝。在当初危难时刻，他的家人包括年迈的老母，就住在这所危房里。他也顾不上照看他们，白天黑夜就在一墙之隔的学校防震棚里忙活着。

如今，学校开始重建了，高列仍然住在他那有裂缝的房子里。我们提醒他，如遇强余震恐怕有危险，他轻轻地笑了笑，没说什么。

浑身解数

那么多感天动地的英雄壮举，那么多感人肺腑的大爱柔情，无时无刻不在撞击着我们的心扉。

我当了31年教育记者，采访过许许多多的教师，受到过无数次感动，但无论哪一次，都不及这次参加《热血师魂》的创作，心灵上的震撼那么强烈。

为了塑造好英雄教师的感人形象，我们创作组可说是使尽浑身解数，力争在写作技巧上有所追求。概括起来讲有这么不成熟的几条：

一、以刘亚春为主线，贯穿全篇，就好比用一根红绳子将一盘珍珠穿起来，串联为一个整体。

二、写人物和事件尽量做到三个注意。第一，注意以点为主，点面结合；第二，注意事件发生、发展及相互间的逻辑关系；第三，注意具体情节与宏观背景的呼应。

三、运用"蒙太奇"手法，闪回切换，以引人入胜，增强可读性，避免平铺直叙，枯燥乏味。

四、主动调控文章的韵律节奏，力求舒缓与激越跌宕有致，符合读者的审美心理。或轻舒曼卷，或雷霆万钧；或铿锵交响，或余音绕梁……

9月5日凌晨，我们将第17稿作为定稿，算是交卷了。整整一个月，白天黑夜全颠倒了，生物钟全无规律了。有记录的改了17稿，没记录的零星小改动就没法数了，每改一遍哭几回，我们四个人也不知总共流了多少眼泪了。不是说敝帚自珍，作品写得怎么样，而是教师的事迹太感人了。

"职业清贫品格奇，克艰赴难挺英姿。汶川如立群雄像，应铸师魂百丈碑。"我愿借一位诗人饱含深情的诗句，作为本文的结尾。

2 昂起倔强的头颅

余冠仕

余冠仕，湖北大冶人，1975年生。现为中国教育报新闻中心副主任。采编作品曾获中国新闻奖、全国人大新闻奖、教育部全国教育新闻评选好稿奖、全国教育新闻评选最佳版面奖、中国产业报协会年度好新闻等多项奖励。在汶川大地震后的两天内赶到灾区，采写了《北川中学大营救》、《震区记忆：劫难中的力量》等作品。

汶川大地震过去100多天了。

地震之初，我和同事奔赴灾区采访。三个月后，为写作《热血师魂》，我又和同事再赴灾区。

在特大地震灾害面前，灾区教师表现出的舍生忘死、顽强拼搏的精神，时刻在我心间激荡。在采访过程中，我和他们一起悲伤，一起流泪，体会着他们的悲怆，又被他们深深感动。

这场人类共同的灾难，激起了人性中最本原的真与善。亿万人肩并肩、手挽手，汇聚成气势磅礴的滔天大河。这是人类感天动地的壮歌，这是人类得以生生不息的力量之源。

这些力量，是逝者留给人间坚强的背影，是生者继续前行的动力。

追访谭千秋

到达四川的第二天,5月15日一大早,我和摄影记者樊世刚及驻川记者李益众就从成都到德阳采访。一路上只见一辆辆私家车组成车队,打着双闪,呼呼地往重灾区方向进发。这些自发组织起来的个人,在车上贴着志愿者的标志,还有的打着标语:我们和你在一起!

到了德阳,了解一些基本情况后,已是中午了。德阳市教育局的同志又

作者余冠仕在灾区采访

告诉我们，绵竹东汽中学的谭千秋老师，被人从废墟里找到时，发现双手张开，紧紧地护住一张课桌。课桌底下的几名学生得救了。

我心头一震，打了个激灵。

我们要去找谭千秋的同事、学生。

德阳教育局的人说，不好找了，他们已经转移到德阳市，分别安置在医院、体育馆里，现在人多，也比较乱，找一两个人无异于大海捞针。

但我们执意要去找。于是一路打听摸索，到了体育馆，看到门口有三五成群的中学生模样的孩子正在从一辆运输车上搬下盒饭，几位中年人在组织其他孩子轮流吃饭。

他们就是安置在这里的东汽中学师生。

这些刚经历过大灾大难的孩子们埋着头默默地扒拉着盒饭，老师们一个个紧锁着双眉，一脸严肃。一提起谭千秋，他们的眼圈又红了。我们一边听着，一边记着，鼻子不时发酸，泪珠在眼眶里打转。

然后他们又说起罗秀芳老师，为组织学生逃生，自己被压在废墟底下。后来教师们在废墟上喊她的名字，刚开始时还能听到回应，过了一段时间后就再也听不到了。

27岁的女教师王科，孩子才一岁半大。地震那天，她又像往常一样，提前一个小时就到校备课，再也没有回来。

他们的校长周德祥，女儿在本校读书，是学校的文科第一名，他妻子也是本校教师。两人都被埋在废墟底下，再也没有走出来。周德祥护送学生到德阳安置好后，又返回学校，守在废墟边上。

……

一提起学校，师生们深爱着的学校，这些老师哽咽着说不下去了。琅琅书声的校园，如今已是瓦砾一堆。他们说，这个"家"一眨眼间就毁了，心痛。

他们不愿意留下名字，说，要多写写这些遇难的老师，这些老师离教室门口最近，但都是先让学生跑出来，他们最值得写。

采访完毕，我们又进了学生临时安置的体育馆内。师生在体育馆内打了100多个地铺，学生三三两两地坐在一起，也是都不怎么说话。我们找学生问了些情况，准备出来的时候，有人说谭千秋的妻子张关蓉老师带着孩子来了。

张关蓉老师眼睛肿肿的，抱着小女儿仙子。仙子一岁多，长得很壮实，在妈妈怀里滚来滚去。

在找到丈夫的遗体后，张关蓉剪下了丈夫的一缕发丝，缝在一个红色的布包里，用一根白色的带子挂在自己的脖子上。

看到女儿时不时从自己胸前掏出这个红色布袋，张关蓉用沙哑的声音对女儿说："女儿，叫爸爸，那是你爸爸……"

女儿正是牙牙学语的时候，用稚嫩的声音叫了声"爸爸……"就又一个劲儿地玩耍去了。张关蓉抹了下眼泪，叹了口气："孩子还不懂事，真不知道她长大后怎样跟她说。"

一旁的大女儿谭君子也回忆起父亲的点点滴滴，说到过去甜蜜的时光时，抹了下泪，笑了一下，然后眼泪又滴滴答答滚下来。

我们离开德阳，一路沉默不语。当天下午4点左右赶到绵竹，开了特别通行证，经过四道关卡，到了汉旺镇。驻湖北某部空降兵已在开展紧张的救援。

教育局的人联系周德祥校长采访，周德祥说，谢谢我们能来，但他什么也不想说。

我们理解他此刻的心情，就让他默默地守在他的学生、妻子和女儿的不远处吧。

离东汽中学不远是汉旺小学。救援情形让人永远无法忘记：面对那片瓦砾，明明知道一个个生命就在其中，或许，有些孩子还依旧为生存而顽强地支撑着，而自己却无能为力；紧张的父母坐在废墟边的石块上，表情甚至都有些木然；每当救援人员又抬出一具遗体时，家长们便不安地上前辨认，然后号啕大哭声从人群中传出来……

汉旺镇武都学校救灾点

官兵救援过程中，有一位教师头上还缠着绷带，一直站在废墟边。

他叫吉庆云，已年近40。汶川地震过后，他被埋在废墟里，13日早晨9点多才被救出来，被救出来的时候，他的怀里抱着一个孩子，一个四年级的小男生，浑身没受一点伤，而他自己浑身是伤。

在医院，吉庆云擦了一点药，住了一天。14日早晨，他又回到学校。"伤情比我重的，大有人在。医生也很繁忙，我就不添乱了，赶紧救娃娃啊。"

回校后，吉庆云参加到抢救学生的队伍中，直到记者采访的15日下午5点多，一直都没有离开。他的妻子徐晓琴是一位村小教师，不放心丈夫，也赶过来陪着丈夫，一起寻找被埋的孩子们。

校长何仁贵说："在师生陆续被挖出来之后，我们发现，另外还有5位教师，他们的怀里都抱着一个孩子。不幸的是，教师和孩子们都遇难了。"

采访吉庆云老师的时候，我躲到了一边。我无法面对他的眼睛。从死神的魔爪中逃脱，又眼睁睁地看着昔日围在身边一声声喊着"老师、老师"的小孩子，一个一个地没了呼吸，静静地躺在学校的水泥乒乓球台上，对吉庆云来说这是一种怎样的悲怆？站在这里又需要怎样的勇气？旁人永远无法体会。

永远寄不到的家书

那一天是短短的一天，又是漫长的一天，要记住的名字很多，生者，逝者。汉旺小学每一处断壁残垣，都能讲出让你一辈子都无法忘记的故事。

废墟中，我们看到了书包、课本、鲜艳的衣服，有的课本上还写着名字：五（1）班，某某……六年级的教室里有很多礼物，都是送给老师的。其中有一支钢笔,是一位学生送给孙安平老师的礼物。他就是怀里抱着孩子的5位教师之一。

眼看就要小学毕业了,学生准备了钢笔、贺卡等礼物要送给老师。可是,就在那山摇地动的几十秒钟后,学生们的礼物最终没有送出去,老师也没有收到学生的礼物。

而在离汉旺小学四五公里的武都学校,救援人员在废墟中发现一支盒装钢笔,盒中有一张纸条:"送给邱教师的小礼物,四(2)班赵乙。"

而这对师生再也不能看到这支钢笔。可以想见,平时,这些师生相处是

武都小学震后现场

多么的融洽。而现在，学生对老师的依恋，老师对学生的慈爱，就在那几十秒钟内已经凝固成最动人的音符。

送不到的不仅有礼物，还有家书。

绵竹市教育局副局长彭波对着记者说过一句话："我没想到我40多岁的时候成了孤儿！"

彭波的父母亲和妹妹都在北川。妹妹是北川中学的教师，也是彭波心中的骄傲。她参加过绵阳市的党代会，北川教育系统的教师参加党代会的也只有她一人！在地震的一刹那，妹妹大声引导学生往外跑，自己却没能逃生！

地震发生后，彭波与北川的亲人失去了联系。在组织紧张的几天救援后，领导命令他赴北川寻找亲人，但寻而未果。

从北川回来的晚上，白天的喧闹没有了，他身边除了鼾声，就是发电机的声音，偶尔能听到街道上的汽车疾驰而过。彭波展开信纸，向生死未卜的亲人写了四页长的信，其中写道：

> 我亲爱的亲人，现在气温又降了一度！不知道你们还好吗？开始还比较明亮的月光现在已经看不见了。我想起我们一起在泗松小学看月光的逝去的岁月，一起过中秋、春节的时光，心中涌起的是无限的甜蜜！
>
> 妹妹，小时候我常骗你的糖吃，你总是把糖一点点给我。我刚工作时你还在读书，我想加倍还你我曾经骗走的你的糖，殊不知竟让你吃成了小胖子！还真全靠你生小孩带娃娃的辛苦，不，是你辛劳的工作，才让你瘦成现在的样子！

十四号早晨的6：47分，朋友给我发来消息："化巨大的悲痛为力量，走出常人难以想象的痛苦！想想已走亲人、朋友的心愿和责任，勇敢活下去，他们的生命通过你们又得到延续！请转告所有的亲人！"

我非常想转告所有亲人。但是，可能除你们外我涪城的几个亲人也都遇难了！但是，正如消息中所说，我会勇敢活下去的！

16日，他得知妹妹不幸遇难；19日，他的父母还在失踪者名单上。当时已经离地震过去整整7天了。

面对记者，他一直挺起瘦弱的身子，眼光里透出一股沉静。好几次不知是什么触动了他记忆的阀门，他一下子转过身去——他在流泪，但他再转过身来的时候，眼圈变红了，但目光又恢复了沉静。

责任还压在身上。失去亲人的痛楚只在夜里孤独地品尝，一到白天，他又不停地奔波于设在绵竹中学的教育局临时办公点和受灾学校之间，为营救更多的人竭尽全力。

废墟边的坚守

出了什邡城区往大山深处前行，沿途所见，桥断路毁，余震不断。颠簸三十多公里，便到了红白镇上。

红白镇几乎没有完整的房屋了。离红白中心学校不远处是救援人员驻扎之所，一面写着"共产党员救灾队"字样的红旗分外夺目，学校十几名党员教师就坚守在这里。

驻地很简陋。凸凹不平的地上，支了几张课桌，加几把椅子，就是他们临时办公的场所了。帐篷外，四五位教师正清理着散在地上的衣物铺盖、锅碗瓢盆，一只小煤炉咕嘟咕嘟地烧着一壶水。

见到我们到来，红白镇中心学校小学部副校长张德强一直含着眼泪，追忆几天前的情景。

年轻教师汤鸿是红白镇中心学校小学部二（2）班的班主任。救援人员发现她时，见她张开双臂，像母鸡护住小鸡那样，怀里拥着三位学生。有两名学生得救了，而汤鸿却再也没有睁开双眼。这名26岁的女教师，自己的孩子才7个多月大。

汤鸿毕业于广汉师范学校，2001年到红白中心学校工作，兼任语文课和音乐课。地震发生时，汤鸿正在3楼给五（1）班的学生上舞蹈课。在组织学生往楼下跑的过程中，她被坍塌的墙体砸倒了。

汤鸿的同事说，她的优秀是受了家庭的熏陶。汤鸿的母亲也是红白中心学校的教师，和蔼可亲，特别受学生的欢迎。汤鸿的外公则是红白中心学校的创始人。早在70年代初，这位老人为红白镇中心学校留下了爱岗敬业的优良传统。

如果不是拥有像汤鸿这样的教师，红白镇中心学校的损失可能会更为惨重。红白中心学校副校长程世林说："地震发生时，对我们任何一个老师来说，逃生完全没有问题。但是，他们没有这样做。只要还有学生在，他们就不走。"

30岁的张辉兵老师帮助10多个学生逃生后遇难。在废墟中发现张辉兵的遗体时，大家惊讶地发现，他的一只手臂指向逃生大门的方向，那是他指挥学生转移的姿势。

25岁的王周明老师来回折返到教学楼营救学生，不幸遇难。一位学生成功逃生后含着眼泪说："是王老师救了我……"

老师们的英勇表现感动着每一个人。校长孟明福的家就在学校背后，但他一直坚持抢救学生，他的爱人和3岁的孙女被地震掩埋在废墟里。分管小学部的副校长钟思平一直在学校指挥着抢救工作，回家后才发现，他的爱人和岳母已遇难。

"我们从没有想过自己会有多伟大，我们凭的是教师的职业本能和职业精神。在我们的潜意识里，最后一个学生没有逃，我就不能走。作为一名教师，不可能扔下学生自己逃命。"回忆起抢救学生的场景，程世林越说越激动。

灾难发生后，红白镇中心学校的大部分幸存师生被转移出去，十几位党员教师组成的救灾队留了下来，在离废墟100多米外坚守。

我们到的时候，他们正准备把帐篷移到另外一个地方。他们住的帐篷在一根大电线杆的旁边，如果再有一次较大的余震会有被砸到的危险。

虽然震灾过去一个多星期了，但危险还是会随时袭来，泥石流、山体滑坡、灾后疫病在考验着这些拖着疲倦身躯但依旧奋战在一线的勇士。采访过程中又发生了一次较强的余震，我们感觉到地底下有股很强的力量使劲往上拱，把整个椅子顶了起来，但这些教师表情很平静——他们已经习惯了这一切。

就是在这种情况下，这些教师还从没有离开过这里。程世林的儿子也在该校读书，从震灾中幸存下来后转移到其他地方安置，因为通信中断，父子俩一个多星期都没有通过一次话，更别说见面了。

灾难已经发生，往事不堪回首。驻守在这里的十几名党员教师心中存着一个最大的愿望：让我们的学生尽快重新回到课堂！这就是他们坚守在这里最朴实的理由。

他们有一个共同的名字：教师

到震区的九天九夜，我们每天在狭长的龙门山断裂带奔波，有时一天要跑上五六百公里。在江油，我们碰上6级的大余震；在北川，在万人大撤离前的一个小时出来了；在什邡，随处可见山上的石块滚落下来；还有两次，强烈余震把我们从房间赶出来，留下光标在电脑未写完的稿子上闪烁。和衣而睡是我们的常态，有时是在星光下的车里，有时是在露出裂缝的房间。

我们忘记了这一切危险。面对一个个教师，面对一个个孩子，面对一个个奔波在救援一线的教育人，从他们坚毅的目光中，看到了痛楚之外的感动，悲怆之外的力量。

但我们不会忘记，北川的老师和孩子。

一年前，同行的四川站记者李益众还到过北川采访阳光体育。而今，他认识的那位副局长已长眠于这片土地。

这些已成为一个巨大的心结，压得北川教体局上级部门——绵阳市教育局的工作人员喘不过气来。在来之前，教育局负责宣传的关欣对我们说："你们不要去了吧，教育局没了，人也找不到了，幸存下来的几位也都转移到了绵阳。"

话说得很平静，也很伤感，让我们胸口堵得不行，直至变得烦闷，不愿多说一句话。

5月18日下午，成都市中小学5.12灾后心理援助志愿者行动启动仪式暨培训活动在成都七中举行。近500名志愿者参加了培训活动。上图为北京大学心理咨询中心主任方新在给志愿者进行《灾后学校心理干预》培训；下图为志愿者举行宣誓。

北川的老师和学生总是让我们感动。地震时正在上远程教育示范课、勇救多名学生的北川教育体育局电教站教师于天佑，在接受我们采访时，我们只是给她搬了把椅子让她坐下，她都用沙哑的嗓子说"谢谢"。地震中遭受重创的北川中学学生说着同样的话："谢谢你们。"

当我们第二次到北川中学的时候，跟刘亚春校长聊些轻松的话题，看他脸上露出难得的一笑，同事说，那笑多久没见着了。我们也感到欣慰。我们看到了北川中学孩子从学校操场上带出来的石子摆成的"北川中学，四川长虹"八个大字，在大地上方方正正地摆着。

我们不会忘记，江油市与时间赛跑的教师。

16日我们到达江油已经是下午4时了。江油市已将所有伤员安置在医院。在市人民医院，医务人员和志愿者来回奔走在三大排临时搭成的帐篷病床间，分发食品、转移伤者、紧急抢救，让我们更近距离、更加真切地理解了什么叫一场没有硝烟的战争，什么叫时间就是生命。

太平二中英语教师周天军在临时病床边向我们讲述了他们3分钟成功疏散近千名学生的奇迹。"地震刚开始时，我们教学楼就晃得很厉害，大家一下子意识到地震来了！正准备上课的教师开始紧急疏散学生。"

教学楼一共四个楼层，每个楼层各有4位教师紧急守在两个楼梯口，组织学生下撤。孩子们都吓得大声尖叫，场面很乱。老师们一边高喊不要慌不要慌，一边赶紧推着学生后背直往楼梯下送。

这是与生命赛跑的3分钟！全校约1000名学生中，除20多位因一个楼梯倒塌而被埋之外，其他人全部安全撤离，没有发生踩踏事故。

"在紧急关头，教师们都守在最后，直到最后一个学生撤离。"绵阳市教育局局长王和金向记者谈起这些经历,语气开始很沉重,不一会变得激昂起来:"我们的教师在第一时间把抢救学生生命安全作为第一要务,把生存机会留给了学生,忘记了自己的安危,放弃了抢救家人的机会!教师们的高贵品质在这一刻得到最好体现!"他一说起这,连用了两个词:令人感动!可歌可泣!

我们不会忘记,奔波在各重灾区的教师志愿者。

成都市锦江区教师进修学校附小教师张芃家在遭受重灾的都江堰,地震当天,她连夜走在苦风寒雨的废墟寻找她爸爸的身影。当我们在成都教师志愿者培训大会上见到她的时候,她已从震灾的悲痛中走出,用坚定的语气说出了志愿者的心声:"我作为一名普通的心理工作者,代表所有心理工作志愿者,表达我们内心坚定的信念:灾区的孩子,灾区的同胞,我要跟你们在一起!"

随后,她深入重灾区,到都江堰聚源中学为灾后的教师提供心理援助,对复课的初一学生进行团体辅导,疏导学生的不安、恐惧、伤心等情绪,让他们重树信心。

培训大会当晚,在写稿往报社发回的时候,我耳边一直响起会场上响起的《让世界充满爱》这熟悉的旋律:

  轻轻地捧着你的脸,
  为你把眼泪擦干,
  深深地凝望你的眼,
  告诉我你不再孤单。
   ……

写着写着，脑海中浮现那些老师的身影，好几次，抑制不住地泪流满面。

我们称他们为英雄。

但红白中心学校的老师说，他们只是做了普通教师应该做的事，平常都是生活中普普通通人，关键时刻谁都会那样做的。北川陈家坝中学校长刘应琼说，她自己是个脆弱的人，容易动感情，也容易流泪。

但就是这些普通的人，这些"脆弱"的人，在生死面前，把生的希望留给学生，把死亡的威胁留给自己，用瘦弱的身躯，书写一个个生命的奇迹，筑起一座座师魂丰碑！

从他们身上可以看到，灾难中孕育希望，痛苦中迸发力量。

梳理记忆，一个个片断在脑中不断闪现。我的思绪就在这些片断中跳跃。我期待，这些片断把悲伤与痛苦的情感过滤掉，把一点一滴的力量留下来融汇在一起，特别是老师们在巨大灾难面前表现出来的一点一滴的力量。

正是这些力量，让我们昂起倔强的头颅，向着光明的未来前进。

3 那一刻，我泪流满面

李炳亭

李炳亭，山东嘉祥人。笔名李不骑马，现为《中国教师报》驻山东首席记者，兼任中国教育学会小学专业委员会副秘书长、中国名校共同体秘书长。著有《杜郎口旋风》、《向阳的智慧》、《县中突破》等专著7部。近年来致力于"高效课堂教学模式"的推广和"共同体"办学实验。

女儿的"老书童"

龙居小学的徐开波副校长告诉我，与向倩老师一同遇难的还有刘继军老师。

在教学楼倒塌的那一刻，刘继军怀抱着三个孩子往外冲，不幸被楼板砸在废墟里。庆幸的是楼板刚好与墙壁形成了一个三角，在狭小的空间里，刘继军与他的学生未来、魏思佳、伍顺琳挤在一起，四个人都不同程度地受了伤，刘老师一直安慰着他们："别怕，有人来救我们！"

刘老师说得没错，自从教学楼倒塌，谢洪安校长就和闻讯赶来的村民，发疯似的开始营救，满校园全是声声哭喊。地震后不到两个小时，驻扎在附近的九里埂部队就神兵天降，他们要求缺乏救援经验的老师和村民撤离，然而，没人会眼睁睁看着自己的同事和学生还压在废墟里轻易撤离。

作者李炳亭在北川县城

　　下午三点多，龙居镇一处液氨罐发生爆炸，弥漫而来的刺鼻的毒气，呛得人喘不过气来。谢校长突然想起来没震塌的平房办公室里还有小半桶纯净水，他立马抱过来，然后从衣服上撕了截布条，蘸了水当口罩捂住嘴。纵然如是，液氨难闻的气味仍让人呼吸艰难，然而，龙居小学仍没有一个老师撤离！

　　废墟里的刘继军和三个孩子，攒了劲一起向外喊——救命！

　　官兵们循着喊声终于确定了他们的具体位置，眼见只要再掀开几块楼板便能让他们得救，可余震却在最不该来的时候来了，把官兵们之前的努力无情地掠走了。黑暗里孩子们紧紧抓住刘老师，一个学生哭着说："老师，我喘不过气来了……"刘老师安慰他们，说："哭消耗氧气，别怕，有人来救我们！"

　　又一次余震来了，原本支撑成三角的斜梁塌下来，重重压在刘老师身上，他死命地用身体护住学生，拼着全力说了最后一句话："孩子们，你们要好好地活着……出——去……"

孩子们被救出来了。刘老师也被救出来了，官兵们摸着刘老师的身子还是温的，用手探一探他的鼻息，大叫："活着！"老师们抬起他就往医院跑，然而他还是没能把活着的惊喜留给人们，他，走了。

与性格外向的向倩相比，刘继军平时给人的印象，很像是个沉默寡言的人。即便是老友聚会，他也常常是不声不响埋头安静地干活，但他一旦开口，一准会"石破天惊"，惹得在场的人爆笑，任凭你笑得捂着肚子，而他却只管不动声色，依然埋头做自己的事。他其实是个很能说的人，话匣子打开了便很难合上。

刘老师热爱大自然，常常利用周末和朋友们一起相约去爬山。他们常爬的山叫"插旗山"，离学校约有5公里。有一次他和魏老师、徐校长几个人分骑了两辆摩托车去插旗山，等下山的时候，行驶到一个拐弯处，坐在摩托车后座上的刘继军对刚学会驾车的魏老师说："你要是刹不住车就往前面的草垛上撞！"

刘老师的话不幸言中了，魏老师果然没刹住车，摩托车直接穿透矮草垛，连人带车落进草垛后面的一个粪池里。而他却在紧要的那一刹那，跳下车，摇摇晃晃硬是立在了粪池边上。等几个人手忙脚乱把魏老师拉上来，魏老师一迭声埋怨他"说得忒准"。他也意识到自己的嘴闯祸了，不好意思地嘿嘿讪笑，赶紧溜去一户农家借来水瓢，舀着水，一声不吭地洗干净了摩托车。这等事几个朋友不敢对外人说起，但背地里相互乐此不疲，没完没了地回味着逗趣，揶揄魏老师不会骑车竟敢"上山下海"，也打趣貌似不爱说话的刘继军却能"破口"成谶。

刘继军热爱读书。徐开波说，我们几个朋友一块报名参加自考。每逢考试前夕，大家都各自向老婆大人"请假"，临阵磨枪聚在刘老师家里，天南海北地侃大山，却美其名曰"开夜车"。几天下来，只得硬着头皮上考场，腹中空空考砸自然是意料中的事，独有刘继军，每一次都是过五关斩六将，臊得其他几个人连叹"见鬼了"。殊不知人家刘继军，走路如厕都捧着书本，那功夫是暗下在平时点滴积累中的。

他还喜欢动脑动手。他曾经带领自己的学生，大中午的，蹲在院子里勾三弦五地"测太阳"。学校仪器室里陈列的所有生物标本，几乎都是他和学生一起利用课余时间做出来的。

地震把仪器室震塌了，他的很多"蝴蝶"折断了翅膀被掩埋在废墟下，然而却有一只美丽的枯叶蝴蝶"飞"出来了，"振翅"兀立在废墟之上。和刘老师相交十几年的徐开波副校长说，那是刘老师不死的魂儿。

刘老师的妻子办了一个托儿所，平时很忙，因而照顾女儿的重任他就独自承揽了。他的女儿叫刘宇洲，今年9岁。从上幼儿园开始就成了爸爸的"小尾巴"，刘老师则成了替女儿背书包的"老书童"。上学放学，父女俩常常是一路咿呀，进了家门便烧饭，他因此练就了一手好厨艺。

刘老师果然好厨艺。龙居小学的谢洪安校长在校内水池里养了一批鱼，一天早晨他发现鱼没了踪迹，闷头想想，试着去找刘继军。没想到人家刘老师倒坦荡，立马笑着"招供"，说："俺替你养着呢。"校长问他养在哪？他拍着肚子"耍宝"说，都在这里面呢。谢校长哭笑不得，问他是怎么吃的。他嬉笑着答："清蒸的。"

朝夕相处了十几年的老朋友，却一下子没了，徐开波说，自己根本无法接受。他常常会梦见他，一起外出郊游，一起聚在一起聊天……说着说着，徐开波号啕大哭，双手捂着脸，肩膀一耸一耸的。

老朋友走了，徐校长不敢去看望老朋友留在这个世上的家人，不忍再触疼孤儿寡母柔软的心。

出殡那天，老朋友躺在灵床上，似乎睡着了一般，静静的无声无息，他轻轻揭开罩在老朋友脸上的那块白布，此时一直不吱声的小宇洲，突然扑在爸爸的身上，喊着："爸爸！""回来呀，爸爸！"而冰凉的爸爸再也不能回答她了……

魂兮归来，让一个可爱的女孩子从此还能奢望到父爱。

开着水龙头大哭的唐祖贵

汉旺镇卧在龙门山的臂弯里，云山雾罩，清溪长流。据说汉旺实为汉王，冲东汽中学大门有座大型石头雕塑，正是骑在马上，手里举着长刀的威武的"神武汉王"，地震削去了汉王那颗硕大的"神"脑袋。离汉王雕塑不远，有座钟楼，地震让钟表停摆，时钟永远指向了14时28分！

地震让周德祥失去了妻女。很多人劝他说，你就别憋着了，痛痛快快哭一场吧，哭过心里会好受点。周校长说，哭有什么用？我得接受现实。

可他说这话的时候，这个言称不哭的校长，眼泪却清泉一样漫进眼眶，然后骤然无声地滚流下来，他用手掌划拉着眼睛，满把攥着的全是破碎的泪珠。

他说，我只能给她娘俩选块好墓地，多花点钱来宽慰自己了。

东汽中学的校长助理唐祖贵有个宝贝女儿叫唐佳琪，她就是《震撼世界的

《中国教师报》对北川中学进行灾后高效课堂援建。图为李炳亭讲座。

七日》里面骆佳琪的原型。小姑娘正是谭千秋老师上课的那个班的学生,她能歌善舞,担任着学校的宣传部长。唐老师的手机里至今保存着一张女儿的照片,她调皮地吐着舌头,清澈的目光从眼镜片后面流溢出来,活泼可爱极了。

小佳琪被救出来时,是活蹦乱跳的,只是擦破了一些皮肉。她被送进了德阳市五院,妈妈和外婆一直陪伴着她。

13日凌晨4点。

让我们和唐老师一起铭记这个日子吧,小佳琪突然呼吸困难,赶紧抢救,约莫40分钟她睁开眼后,只说了这样两句话:"妈妈,姥姥,我是不是要死了?我想见爸爸……"然后突然浑身抽搐,叫着"爸爸、妈妈",依依不舍地走了。

可爸爸在救援现场,该死的电话根本就没有信号!

张平老师突然找到唐老师,声音低沉地告诉他:"佳琪去了……"

唐老师一下恼了,叱责他:"哪有这样开玩笑的。"

张平哭着拉上唐老师去了殡仪馆。唐老师的妻子被人架着迎面向他走来,他的腿哆嗦得不听使唤，他走近小佳琪，一下喊起来："错了，这不是我的女儿，这不是我的佳琪……"

女儿原本瘦瘦的，可这张脸却如此浮肿，他完全认不出来了。佳琪不是好好的吗？这怎么会是佳琪？

是佳琪，是女儿……妻子说完就晕厥过去了，唐老师一下坐在地上。

从此之后，在每一个凌晨四点，唐老师会准时惊醒过来。

醒来就躲去洗手间，开了水龙头哇哇大哭。

他和周德祥不同，他说，哭过才好受些……

他还记得12日中午吃饭时，佳琪还对他说："爸爸，晚上我想吃香妃鸭。"唐老师痛快地答应了女儿，可吃香妃鸭，竟成了女儿永远无法满足的愿望了，也成为佳琪留给父亲的那句诀别。

给佳琪下葬时，唐老师在墓碑上刻下了这样的字："女儿，我们永远爱你，来生再做爸妈的女儿吧！"

唐老师一直陪同着我们采访。他领着我们爬上龙门山的青龙峰，那里正是埋着很多遇难学生的墓地，圆圆的坟茔，像埋了半边身子的那轮月亮，这是孩子们永久的宿营地。

站在青龙峰上，此刻，唐老师很平静，而我却再也遏制不住，用哗哗的泪水，为孩子们作一次告别的洗礼:那些走在天堂路上的孩子，愿你们安息！

为什么说中国教师是好样的

德阳市教育局的胡北副局长执意要陪我们吃顿饭。那晚是8月8日，饭间，胡局长讲起他亲历的地震，趴在桌子上失声痛哭。

他说，教师离门口最近，他们比任何学生更有条件逃生。然而，他们几乎每一个人，都选择了挺身而出。胡北说，在救援现场，所有被刨出来的教师，他们的遇难遗体都向着教室门口方向，他们有的怀抱着学生，有的死命用身体撑着变形的门框……

而那些侥幸幸存下来的教师，顾不得自己家人的安危，在第一时间不顾一切地冲向废墟施救学生，尽管赤手空拳，双手血肉模糊，他们没一个人会停下来。几天水米未进，有些刚刚爬出废墟就参与救援的老师，甚至有的累死在了废墟之上，然而却未有一个人知难而退，甚至临阵脱逃。预制板搬不动，可听着废墟里的呼救声，很多人甚至急得拿砖头砸自己的脑袋。"学生比天大"，胡北说，"当老师的，哪一个会放弃学生？！老师如果只顾自己，却眼睁睁地看着学生鲜活的生命遭遇危难，那还是人吗？"

胡北说，地震是一次特殊的"师德"大考，我们的教师经受住了这场考验。

在地震中，除了像谭千秋、罗晓明、向倩、刘继军、袁文婷、刘勇、周其祥这样的英雄教师，德阳市更有一大批普通的教师，一直坚守在第一线抢险救援，不畏惧、不退缩、不抛弃、不放弃。胡北局长说，我很欣慰，他们和英雄们一样，做了一名教师该做的事！胡北说，教师是好样的，我为今天的教师感到骄傲。

中国教师是好样的！

胡北的依据是，在地震中不仅我们的教师经受住了考验，他们教出来的学生也给人太多太多的感动。他说，全国人都知道有这样两个青年：一个是女孩，名叫邓清清，在等待救援的废墟里，这个坚强的孩子，忍着饥饿和寒冷，镇定地打着手电照样看书，她出得废墟，对救援人员说"读书可以缓解心里的恐惧"；同样被大家喜爱的还有"可乐男孩"，他叫薛枭，在被救出来的那一刻，他说的第一句话竟然是"我要喝可乐，冰镇的"，他的乐观和豁达逗乐了整个中国。

胡北还联系最近几年对"80后"的质疑，这个早年写过诗的局长激动地说，看一看地震发生后那些冲锋在前的救援战士和震后来自全国各地的志愿者吧，哪一个不是"80后"呢？他们用自己的实际行动给自己的祖国和人民递交了一份优秀的答卷，想起这些可亲可敬可爱的青年，谁不会为他们感动？教师能培养出这样的青年，又一次印证他们是好样的！

当胡北说这句话的时候，在德阳市区的一处茶楼里，正聚集了二十多位收看奥运会开幕式电视实况转播的青年人，大家群情激昂。不知是谁突然找到了一面国旗，几个人就在大厅里把国旗展开了，所有在场的人一起站起来，举起右手，庄重地向着鲜艳的国旗敬礼！然后他们狂奔到大街上，高喊着："祖国，万岁！"

这一幕，让我泪流满面。

有座纪念碑叫"中国精神"

有人说，一个民族是否有希望，要看它曾经经历过多少灾难。

有人说，一个国家是否有希望，要看它面对灾难时民众的反应。

一个英雄，被众人歌颂，是因为他首先是个凡人。

一个凡人，因他的不凡，才成其为英雄。

中国原本是个多灾多难的民族。

翻开史书看看，有一个词，结着暗红色的血痂，时不时会从尘封的历史深处跳脱出来，烙铁一样烧疼我们的眼睛，这个词叫——灾难。

有人仅凭《汉书》和《后汉书》，就从中统计出这样一笔触目惊心的数字：地震77次、水灾71次、旱灾48次、蝗灾42次、疫灾18次、风灾21次、淫雨霖雨15次、冰雹20次、霜雪11次、饥荒23次……汉代存活400多年，年均灾害发生率竟然是惊人的81%。

仅仅地震一项，其实只要在网上搜一搜，就会发现，地震始终与中国如影随形。

20世纪以来，中国共发生6级以上地震近800次，遍布除贵州、浙江两省和香港特别行政区以外所有的省、自治区、直辖市，死于地震的人数累计达55万之多，占同期全球地震死亡人数的53%。

我们常为"占世界7%的土地，养活了占世界22%的人口"而自豪，却很少有人知道，中国这7%的国土上也承受了全球33%的大陆强震，是世界上大陆强震最多的国家。

地震猛于虎，想一想，中华民族是怎样一次次、一步步高昂着头颅，从废墟里跋涉过来的……

灾难可曾把中华民族毁灭？

多难兴邦！中华民族的发展再一次告诉了我们一个朴素的真理：一个民族的灾难史，也是它的发展史、文明史和光辉史。

一次灾难，就是一次应战。

中国人可曾有一次选择了屈服？

经历，然后超越。

一个精神不死的民族，才能劫后重生。

愈挫愈坚，中国，这个坚强大气的民族，把自己骨子里的不屈服，一代代传承下来，融化在今天所有中国人滚烫的血液里，沉淀成一种特有的精神和气质。

这种特有的精神气质影响激励着每一个中国人人性中的美德，纵然大难当头、山崩于前，即便是最普通的人，依然会义勇当前，临危相助，浑然忘我，甚至舍生取义。

有人说5.12汶川大地震是生命的灾难，更是一次对人性的讴歌。

有人从中取一点这样说，"汶川"是一场用特殊方式，对每个中国人进行的"思品"考试，大地震照见了品德的高低。

教师们首先"应考"来了。

他们站出来，成为永远不垮的废墟雕塑。

其实他们只是些普通的中国人，平时过着普通的日子，虽甘于平淡，却热爱生命。

灾难降临时，这些普通而平凡的老师，就站在离教室门仅仅一步之遥的讲台上，只要一瞬就可以跨出去，跨出去就意味着生存。

他们是教师！教师的职业本能，骤然被灾难激发为一种壮举，生死抉择，他们不约而同地做了同样的抉择，把生的希望留给别人。他们中的很多人，永远地撇下亲爱的家人、心爱的学生走了，尽管他们那么留恋不舍……

他们的死感天动地，比泰山还重！

"教师",一个最朴素的职业。

"老师",一个最普通的称谓。

而他们,却用自己的生命,为自己、也为今天的教育赢得了尊重。

记住每一次的灾难吧,记住那些罹难者的名字,也记住那些原本平凡的人留给我们的另一笔财富。

5.12,有一座纪念碑,上面铭刻着很多人,他们共有一个身份,也共用一个名字,叫中国的骄傲。

这座纪念碑叫中国精神!

映秀小学升学典礼

4 一段值得终身珍藏的记忆

——《热血师魂》创作感怀

张泽科

> 张泽科,《四川教育》特稿记者。先后在《人民日报》、《光明日报》、《中国教育报》、《中国教师报》、《人民教育》等国家级、省级教育报刊,发表文章300多篇,计200多万字。教育通讯《撬开活力的闸门》、《求解发展生命的最大值》和教育评论《求解学校诊断难题》曾获"全国教育好新闻"一等奖。

  8月6日,我们四位创作人员接到任务,要创作一部反映地震灾区英雄教师英勇事迹的报告文学,定在教师节当天发。这时,离刊发时间只有短短一个月。我们肩上有两大压力:一是时间紧迫,二是地震后媒体大量报道了英雄教师,很难再写出新意。当晚我们紧急磋商,形成了这样的共识:目标是创作一部讴歌抗震救灾英雄教师的"史诗",要的是历史而不是新闻;要深入一线深挖素材,强化感觉。

  按照分工,我和李炳亭同志作为第一批人员奔赴灾区紧急采访。

  8日下午我们抵达德阳什邡,在对龙居小学校长谢洪安、副校长徐开波三个多小时的采访中,抓到了龙居小学向倩、刘继军两位英雄教师和教师群体抢救学生的丰富细节,尤其是向倩的英雄事迹,深深地撞击着我们的灵魂。

她性格开朗率真，略带几分羞涩，热爱生活、求真尚美、思维多元，一个走上讲台不足一年、花一般的年轻女教师，关键时刻挺身而出护卫学生献出了年轻美丽的生命，其英雄行为的背后还有忠于职守、拼搏奉献等精神品质。她的身上闪烁着"新生代教师"的光辉。由此，我们找到了她英雄行为的性格和文化根源，还从她身上看到了当代教师的发展走向，看到了中国教师和中国教育的希望。

采访龙居小学，一下点燃了我的创作激情：虽然新闻媒体对灾区教师的

作者张泽科在灾区采访

英雄事迹做了大量精彩的报道，但大多不够丰富、不够深刻，尤其缺乏对英雄教师性格特征产生的文化背景、心路历程的深刻发掘。我感觉，这是一个和平年代的"战争"题材，英雄教师身上具有丰富的人文内涵和发掘空间。

绵竹东汽中学校长周德祥、工会主席唐祖贵两位男子汉，都在地震中失去了正上高中的优秀女儿。灾难发生后，他们为了抢救学生，无法对陷入困境的心爱女儿施以援手，他们内心挣扎着常人难以想象的绞痛……"无情未必真豪杰，怜子如何不丈夫"，发掘他们痛苦而壮美的心灵世界，由此我们找到英雄教师的又一主题内涵。

8月10日，我第二次赶到绵阳长虹培训中心，采访安置在那里的北川中学。校长刘亚春依旧是那样的忙碌，与5月19日初次采访他的情形惊人相似，采访断断续续，只是谈一些片断，在地震中失去妻儿和1000多名师生的刘亚春压抑着巨大的悲痛，很多话题都避而不谈。采访难以深入。怎么办？作为受灾最惨烈的北川中学，作为关注度最高的北川中学，应是这次创作关注的重点，而6月11日就登上北京人民大会堂作抗震救灾英模事迹报告的刘亚春，是我们走入北川中学英雄教师群体最重要的突破口，必须想法走入他的内心世界。

于是我们打了一个迂回战，不再提采访，而是请求他带我们去北川中学垮塌现场和北川县城看看，他答应了。也许是走出了繁忙的长虹培训中心赢得了暂时的清静，也许是熟悉的北川山水唤起了内心的情感，也许是惨烈犹存的北川县城和北川中学现场的再次撞击，刘亚春终于打开了心扉：地震到来北川中学的惨烈景象，老师们挺身而出抢救学生的感天动地、从废墟里拼抢生命的舍生忘死、"舍小家、救大家"的英雄情怀、灾后迅速复课的坚强不屈……我心在抖，血在涌，思绪在飞扬。

作者张泽科在映秀小学废墟

我们把采访的话题前移,引出了刘亚春一生自强不息的奋斗轨迹,引出了他近年来带领北川中学前进的艰苦奋斗、锐意改革,引出了他对妻儿的男儿柔肠,牵出了他重建北川中学的宏伟气魄……我由此获得了大量鲜活的第一手材料,为刘亚春成为《热血师魂》灵魂人物找到了丰富的事实、思想、精神和情感支撑。

站在湍急、泛着白浪的渔子溪河对岸,满目疮痍的映秀小学仅存一面红旗在废墟上飘扬……13日下午,我们在映秀小学新建板房里,采访了映秀小学校长谭国强和部分老师。从老师们含泪的眼睛、哽咽的话语里,可以窥见他们难以愈合的巨大伤痛,可以想见他们在解放军到来前60多个小时的昼夜奋战中从废墟里刨出80多个孩子的大智大勇,可以望见地震前夕映秀师生恬静、闲适而又丰富多彩、有滋有味的文化生活,可以望见映秀小学建设成为全县一流教学质量的学校的奋斗轨迹……

占有了大量鲜活、丰富的素材,积聚、激扬了创作的情绪、思绪,到23

日我一气呵成,拿出了《热血师魂》"生命救援"、"灾后重建"两章2万多字的内容。

初稿8月底拿出来了。在一次研讨会上,大家表示作品非常动人。但在我们心里,文章锤炼才刚刚开始。结合大家的意见,我们把问题概括为几个要点:二、三章跌宕不够,二、四章比较单薄,行文风格不一致。接着,我们进一步解放思想,遵循创作英雄史诗的宏观思路,顺应"楔子"和第一章的纵深式结构和亲切笔调,重新组织二、三、四章,大胆发掘、取舍材料,终于在9月5日拿出了《热血师魂》送审稿。

《热血师魂》创作成功,是我们集体智慧和汗水的结晶,是和平年代教育记者奉献给人民教师和人民教育的最好礼物,是我们作为教育记者的光荣和骄傲。

《热血师魂》的创作成功,我以为至少有如下原因:

有德高望重的灵魂人物。从目标定位、主题提炼、结构框架、文章风格、素材发掘到组织、采写、修改全程,都有很好把控,打得准、打得狠。

快速反应。我们克服一切困难深入一线采访,积累了生动、丰富的素材,赢得了创作的战略主动。

整合力量,解放思想,大胆创新。大家既坚持独立主张,又善于吸纳整合。

更可贵的是,一个月的时间里,采写团队团结一致、敢于拼搏,使充满挑战的创作过程,成为一段超越价值预设、值得终身珍藏的记忆。

图书在版编目（CIP）数据

热血师魂/刘堂江等著；樊世刚等摄.—济南：山东文艺出版社，2008.10
ISBN 978-7-5329-2912-2

Ⅰ.热… Ⅱ.①刘…②樊… Ⅲ.①纪实文学—中国—当代②教师—抗震救灾—英雄模范事迹—中国–2008 Ⅳ.I25

中国版本图书馆CIP数据核字（2008）第157451号

主管部门	山东出版集团
集团网址	www.sdpress.com.cn
出版发行	山东文艺出版社
电子邮箱	sdwy@sdpress.com.cn
地　　址	济南经九路胜利大街39号
印　　刷	山东新华印刷厂临沂厂
版　　次	2008年10月第1版 2008年11月第2次印刷
规　　格	开本/170×240毫米　32开 印张/6.25　千字/137
定　　价	28.00元